翰墨英雄

倪文华 著

中国书籍出版社
China Book Press

图书在版编目(CIP)数据

翰墨英雄 / 倪文华著. -- 北京 : 中国书籍出版社,
2022.9

ISBN 978-7-5068-9132-5

Ⅰ. ①翰… Ⅱ. ①倪… Ⅲ. ①散文集-中国-当代
Ⅳ. ①I267

中国版本图书馆 CIP 数据核字(2022)第 155046 号

翰墨英雄

倪文华 著

责任编辑 张 娟 成晓春

责任印制 孙马飞 马 芝

出版发行 中国书籍出版社

地 址 北京市丰台区三路居路 97 号(邮编:100073)

电 话 (010)52257143(总编室) (010)52257140(发行部)

电子邮箱 co@chinabp.com.cn

经 销 全国新华书店

印 刷 长沙市精宏印务有限公司

开 本 880 毫米×1230 毫米 1/16

字 数 195 千字

印 张 13.5

版 次 2022 年 9 月第 1 版

印 次 2022 年 9 月第 1 次印刷

书 号 ISBN 978-7-5068-9132-5

定 价 98.00 元

暮作笔花清梦中

鄢福初

有宋一代，欧阳修、苏东坡、黄山谷等人在书法中注入了最深的书卷气。苏东坡说：“余尝论书，以为钟王之迹，萧散简远，妙在笔墨之外。那笔墨之外者是人，是人的文心。”又说，“退笔如山未足珍，读书万卷始通神。”自此，读书于书法变得格外的重要，文心与书卷气成为书法最核心的要素。

我和文华兄共事近十年，以前就知道他的公文写得极好，条理清晰，视野开阔，文采飞扬。

我们这个时代一般只把诗歌、散文、小说视为文学，我以为这是我们时代的局限。古人将小说一类叫传奇，不过是茶余饭后的谈资，很难言志寄道，反而不怎么看重的。随便翻翻诸如曾国藩编的《经史百家杂钞》一类书，其中将文章分为论著、词赋、序跋、诏令、奏议、书牍、哀祭、传志、叙记、典志，等等，前人的文学视野实在比我们要宽广得多，开阔得多。他们公文的写作更讲究和需要文采、逻辑、见识、格局等综合能力，所谓能为公文者方可为大夫。读了文华兄的《翰墨英雄》集子，始知其时兴的散文随笔写起来也如行云流水，更明白了其书法文气之由来有自。他说："文墨，是父辈对腹有诗书、能写一手好字的人的一种尊称。因此成为一个有'文墨'的人是父亲对我的最大期许。在三十多年的学书染翰过程中，我追慕过金文秦篆的金石气，心仪过汉魏唐碑的庙堂气，浸淫过晋韵宋意的书卷气，旁涉过明清的浪漫气，游走在碑与帖的两极，识阴阳之变幻，察刚柔之极地。晋韵为宗，宋意为辅，唐草为养，抒情为象，写心为本。不论习碑学帖，临楷挥草，自然而然地表现出一种文气，流露出一种清华静逸之象。这种'文气'因我名字与生俱来，抑或与年少时播下的'文墨'种子有关。"文华的隶书写得又高古而又时尚，用浓重的笔墨来立住汉隶的朴厚雄风，用干渴的线条来表现苍浑朴茂的质感，用捻转的拗劲写出如剥蚀的残缺起伏的节律。他追求高古，说自己在"在古意的摹拟中，悟懂了巧不如拙，平中见奇，不再纠缠于表面的炫目，让厚重古意、正大气象成为书法和人生的方向"。我深以为然。今世之书过于炫技，与前人书作里的磅礴文气和大丈夫格局已是渐行渐远，而文华兄的文章与书法相得益彰，我以为他是一直自觉地走在书法艺术的光明大道上。

文华兄平时工作很忙，责任重大。他把闲暇都用来读书、写字、刻印、作文。孙过庭说要“偶然欲书”的字才好，东坡说“书初无意于佳乃佳尔”，文华兄的书法和文章恰恰都是工作之余有感于怀、偶然欲书、不吐不快的好字好文。他很喜欢倪元璐的诗联：“朝为剑魄澄江上，暮作笔花清梦中。”文华兄的文章和书法，正是一个有责任、有担当、有情怀的人闲暇时所作的“笔花清梦”。

（作者系湖南省文联主席、中国书法家协会副主席、湖南省书协主席）

目录

contents

01
惶恐之美

02

屐痕处处

03
砥砺锋颖

01

one

惶恐之美

春天里的笔墨消遣

春天是百草竞长、百花斗妍、百鸟争鸣的季节，也是笔墨线条舒展的好时节。在书法流变的历史长河中，诸多文人雅士在春天里借笔墨消遣，孕育了温润华滋、流丽妍美、雄浑郁勃的诸多书法审美范式，留下了诸多的法帖经典。

在春和景明的春日里，我的思绪走进了永和九年（375 年）三月三上祀节。彼时，刚到会稽任内史、将军右军的王羲之和孙绰等四十二位名士，雅聚兰亭，于“天朗气清、惠风和畅”的暮春之初，修禊“曲水”，嬉戏“流觞”，饮酒赋诗，共得 37 首。春风得意的王右军当仁不让挥毫作序。在春光、山林、美酒、流水、友朋、诗意的共同催生下，王右军将“吴兴前诸书”中还保有的隶意草情古味一扫而光，不带一点做作地写出了行书意味的幽深杳渺，实现了思致、情致、韵

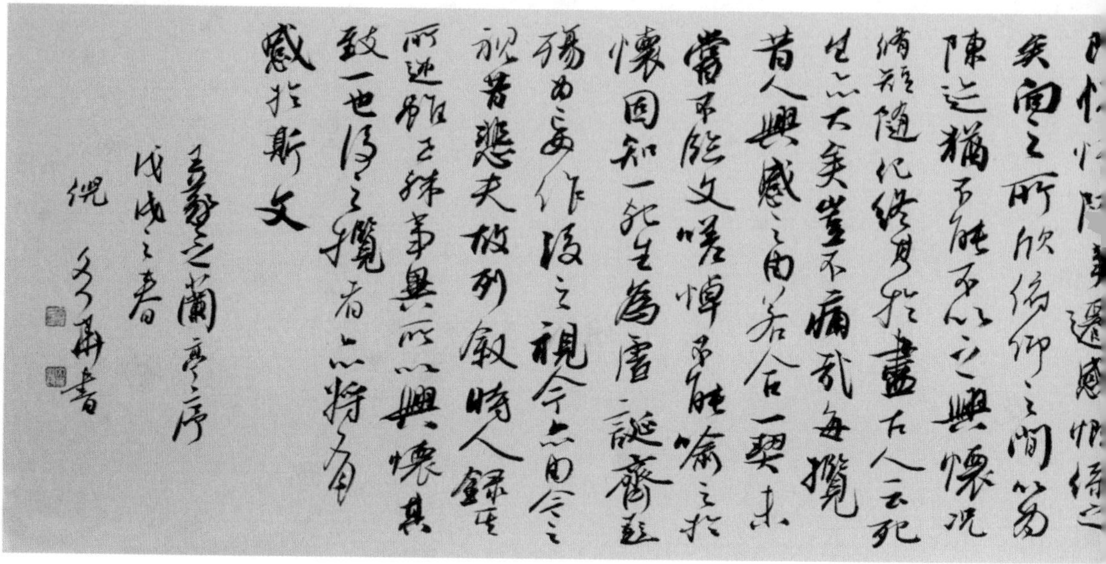

致的统一和文、书、人、景的融会，达到了“尽善尽美”的境界，建立起了纯粹的行书规范。这一呈现，奠定了王右军“书圣”的地位，历经千年无法撼动。这是一次妙合自然，暗契诗意，满纸人文，最轻松、最惬意的书写，米芾诗赞“神助留为万世法”。从此，书卷气成为诸多文人书家一生的追求。

米芾在崇宁二年（1102 年）三月三这一天也留下了一幅墨迹《新恩帖》。是年米芾已 51 岁，在蔡京的提携下新任汴河拨发一职，一个靠近开封的肥缺。受到朝廷的封授，一生“为官数困”的米芾自是欣喜，为感谢当时的吏部侍郎，他是怀着虔敬之心来写答谢状的。一向“意足我自足，放笔一戏空”的米芾，虽没有了消遣的心情，但天性使然，整肃精到的点画难掩跳荡挥洒的痛快。

春天里的笔墨消遣不仅仅是惠风和畅的快意人生，也有困苦失意、惆怅沉郁。把写字视为娱心悦人雅事的苏东坡，“元祐诗案”后，被

行书《兰亭序》 248 cm × 48 cm

贬黄州。他在黄州一边耕种“东坡”，一边借诗书度日。在来黄州的第三个寒食节，贫困潦倒的窘迫里，又逢连月“苦雨”，在“年年欲惜春、春去不容惜”的无奈中，遭“春江欲入户，雨势来不已”之困扰，苏东坡只能闭户吟诗，抄诗消遣，以一种平常心来吐纳心中的块垒，以尚意的心性来展现笔墨的意趣。被奉为天下第三行书的《寒食诗帖》，就这样在“卧闻海棠花，泥汙燕支雪”的情境里应时而生。一种只属于东坡的意态、只附身东坡的情趣，与他人绝不雷同的面目，带着长江边“湿苇”的气息，挟裹着“寒菜”的味道一直飘到现在，还回味无穷。

惋叹着苏东坡的凄惶，想想怀素在春天笋发茶香之时一挥而就的《苦笋帖》，不禁会有一丝怡然。“苦笋及茗异常佳，乃可径来，怀素。”十三个字一气呵成，一种急盼亲友“径来”、急欲品茗尝笋的心情与婉转如“飞鸟出林”的线条合为一体，编织了唐人的生活情趣，让我们在发黄的草纸上闻到了唐朝春天的味道。

如果说王羲之春天里的笔墨给我们展现的是一幅流觞曲水、春和景明的诗意，那么数百年后，可与王右军抗衡的另一座书法高峰颜真卿，给我们展现的就是一种更为宽阔浩荡的气势。

唐大历十年（775 年），经历过安史之乱，因直言诤谏，64 岁的颜真卿被贬已近十年，幽居江南湖州五年。在一个烟雨蒙蒙的初春的日子，颜真卿在处理审阅完几份朝廷文牍后，欣闻兵战捷报，在愉悦的心情下，挥毫写下《刘中史帖》。“欣闻”“足慰海隅之心”，喜悦兴奋之情溢于言表，家国情怀充盈在字里行间。厚重的笔墨，宽阔的结体，豪宕的线条，在江南烟雨的浸溉淘溽下，没有了《祭侄稿》焦墨涂抹、枯线杀纸的奔突绝望，写出了一种笔走龙蛇、气贯日月的挺拔苍郁。我以为，《兰亭序》妍美如春日晴阳下的丽人绮行，牵丝映带间尽展妩媚婀娜之姿；而《刘中史帖》壮阔如春风浩荡里的侠士阔步，举手投足间自具一股干天豪气。

春天可任思绪飞扬，任情思滋长，我只想把笔毫揉进春天的肌体里，在氤氲潮湿里消遣我的笔墨，自由书写，让心性与天地同声相应，同气相求。我寄希望某个春天的神来之笔能够如诸多翰墨经典一样，在这个季节里振枝发叶，在立满参天大树的书法丛林里撑起一片属于我的似锦繁华。

惶恐之美

民国初期，鲁迅在南京任职教育部佥事，时年三十多岁。此时，乔大壮刚二十出头，任教育部编审。鲁迅请比自己小十一岁的乔大壮书写自集《离骚》句联“望崦嵫而勿迫，恐鹈鴂之先鸣”，悬挂于北京老虎尾巴书屋中自勉。此书法联目前在鲁迅故居博物馆可见。上款暑豫才先生集离骚经句，落款为曾劬。乔大壮是1915年入职，鲁迅1917年因张勋复辟愤而辞职，他两人交集当是此时。

上联见屈原《离骚》“吾令羲和弭节兮，望崦嵫而勿迫”。意谓，我命令羲和将太阳的车子暂停不走，希望太阳不马上向崦嵫迫近。羲和是神话中给太阳驾车的人。弭节，停止不前，崦滋，神话中日落之处。下联见《离骚》“恐鹈鴂之先鸣兮，使百草之不芳”。意谓，恐怕杜鹃过早地鸣叫，使花草芳香尽消。自然的规律人是无法改变和阻止的，因此屈子的担心和惶恐正是他发乎内心的忧思，才有了爱的深沉。《离骚》表达了一个高洁的灵魂对理想的追逐和幻灭，表现了一个忠贞的朝臣对朝政的希冀与失望。《离骚》不是苟活者的哀吟，而是爱国者的浩叹，吐露了不朽生命的芬芳。整篇都表达了深感岁月流逝的迅捷，而人生抱负不得施展："日月忽其不淹兮，春与秋其代序，惟草木之零落兮，恐美人之迟暮。"他忧虑民生的困苦和朝政的腐败，"长太息以掩涕兮，哀民生之多艰"；他恐时间易逝而"望崦嵫而勿迫""恐鹈鴂之先鸣"。每一个与他灵魂邂逅的人都会为之感动。屈原的《离骚》给予中国人的不仅是一部千古骚韵，还有那生生不息的生命询问和精神构建。《离骚》瑰丽浪漫，灵动激越，即便表达恐慌心境亦能充满想象的诗意。

回顾屈原以后的众多贤哲，如贾谊、司马迁，杜甫等，直至现代的鲁迅、毛泽东，离骚的韵味，屈子的精神，不绝如缕，绵延到今，缱绻壮怀，烛照华夏。

鲁迅和乔大壮都是在其 2000 多年后，深受屈子精神浸染的文化先贤。鲁迅年轻时就十分巧妙地各取半句组成此联。此联上句的后半句是大家十分熟悉的名句："路漫漫其修远兮，吾将上下而求索。"下联的前句："及年岁之未晏兮，时亦犹其未央。"这两句放在一起，表达一个意思，就是担心时间飞逝，生命短暂，要趁着年岁还不迟，时光还未曾尽，努力寻求机遇，有所作为；勉励自己不要等到年老力衰，时机已过，如同鹈鴂一叫花草不再芳香那样，便再也来不及了。要树

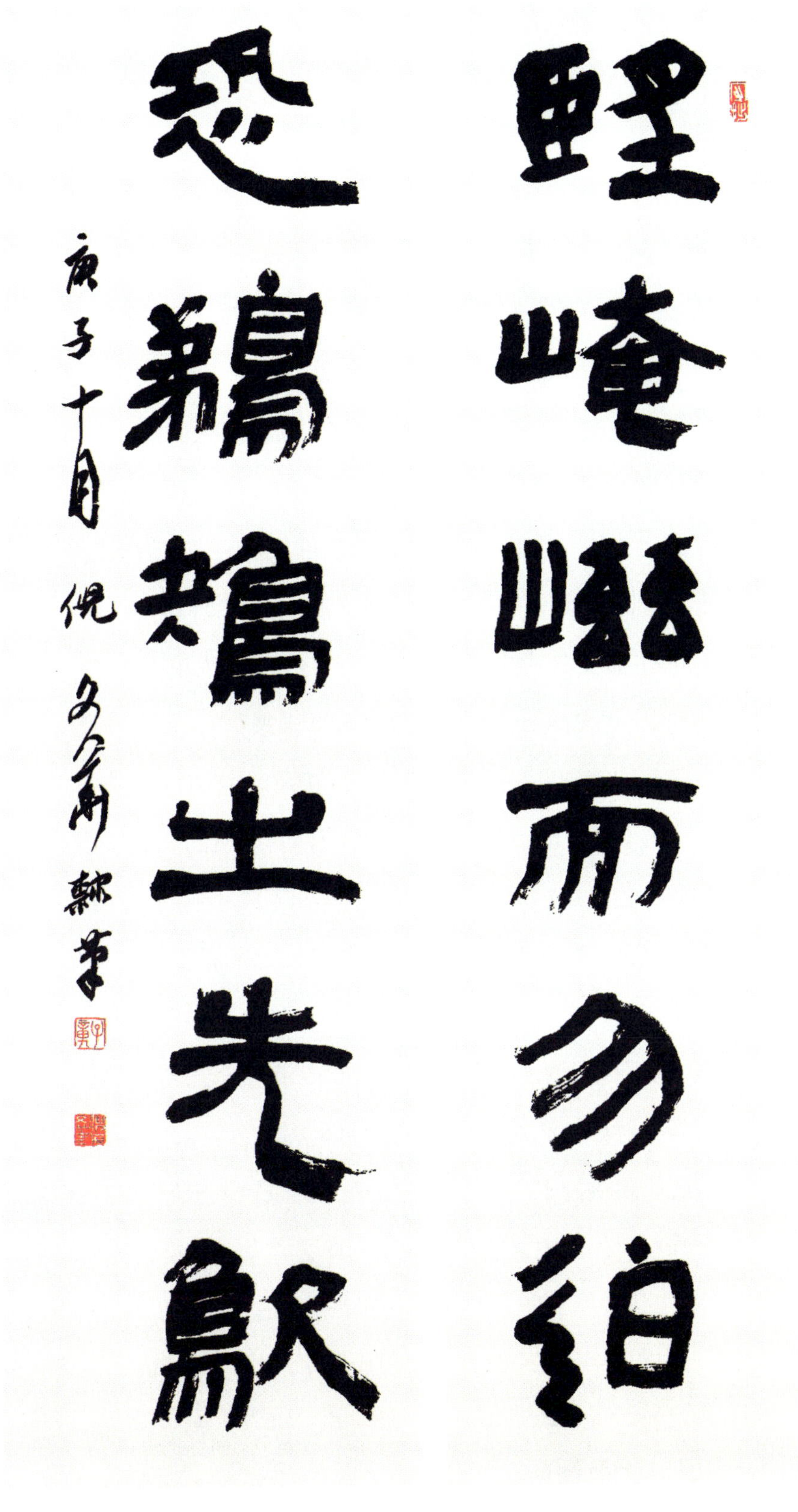

鲁迅集《离骚》句联　138 cm × 36 cm × 2

立只争朝夕、奋然前行之志而努力求索。自然的永恒与短暂人生的巨大反差，给予人的心理落差是巨大的，激发出人对时间的紧迫感和对社会的使命感。大禹惜寸阴，陶侃惜分阴，而鲁迅则是分秒必争，把吃咖啡的时间都用在了工作上。在55岁的生命里，鲁迅在文学创作、文学批评、文艺理论研究、翻译等多方面都取得重要成就，成为中国新文化运动的奠基人。如果没有这种只争朝夕的精神是不可能做到的。他说“时间就是生命”（《门外文谈》），“节省时间也就是使一个人有限的生命更加有效，而也即等于延长了人的生命”（《禁用和自造》），“失掉了现在，也就没有了未来”（《且介亭杂文序言》）。这些宝贵的箴言，与屈子的精神一脉相承。

其实感叹时间的易逝，只是一种对自然的观照。按其内在的精神来看，鲁迅和屈原都有一种对现实的不满和希冀，而且这种种不满不能消除，这种种希冀又不能尽快实现。那种超脱于“鹈鴂鸣而百草尽”写实之上的，是“小人得志则君子沉沦，野鸟群鸣则草芳哀谢”的愤慨。区别在于屈原的愤怒之情是向内求诸自己的，充满了对无力回天，理想又付诸东流的无奈，而选择怀沙投江而死，用自己宝贵的生命对朝政和腐败做了一次壮烈的抗争，也以他死忠死节的高贵品质殉国家之难；而鲁迅则是选择像战士一样去斗争，他把他的诗文当作利刃一样投向敌人。因此，他被毛泽东誉为民主的斗士。

而乔大壮，一个并不被现代人了解的艺术大家，也是一位效屈原而以警世的悲壮之举来“爱国爱民为立身之志，为忧国忧民愤世以终”的人物。1948 年 7 月，乔大壮在苏州枫桥投水自尽，时年 56 岁。乔大壮先后担任过中央大学艺术系教授、词学教授，在文化艺术界享有极高的声誉，还是与齐白石齐名的篆刻家。当这副联把屈原、鲁迅和乔大壮联系在一起时，就有了一种宿命之归属感。三人都是生于社会动荡不安之时，三人都是忧愤之大才。在面对山河破碎之时，屈原和乔大壮同样选择了投江而死，用生命续写了中国知识分子的风骨。

因惶恐而选择不一样的归路，但留下的都是美的慨叹。

雨入花心成一叹

雨入花心自成甘苦，

水归器内各显方圆。

此联为金圣叹自题书房联。金圣叹书法少见，但这件作品有真迹可见。书法笔势往来流畅自然，流露出一个聪明才子的脱俗情怀。

这副对联寓意深刻，对仗工稳，平仄合律，音节铿锵，是一副值得深思、反复吟诵的佳联。百花不但呈百貌，百花花心亦自有甜和苦。雨落进去，消融在各自的花心里，也就甜的甜，苦的苦了；世上的器皿有方有圆，水灌进去了，那就随形而变，方的方，圆的圆了。这副对联表达了随形就势，随遇而安的处世哲学，同时又隐含着一种佛教种什么因得什么果的因果思想。

金圣叹作为一个明朝入清的遗老，如何面对新的朝代，确实是需要有思想上的准备。当此国破之际，最难取舍进退的是那些士子学人。朱耷改名八大山人退隐山林，傅山终生不仕，顾亭林独自游学天下，王夫之躲进湘西草堂著书立说，倪元璐变卖田产自召兵马北上助王，最后用绫面朝景山自缢殉明。38 岁的金圣叹同样面对朝代更替，书此联悬之书房以自勉。但金圣叹却终究没能随形就势，平安度世。

1644 年，当北方爱新觉罗家族踏进中原、撕碎江南之时，金圣叹正好完成了历时四年的呕心之作《水浒传批注》。金圣叹 12 岁时弄到一本贯华堂藏本《水浒传》，他花时五个月，日夜手抄完，可见其喜好之致。难怪他的功名只止于秀才，科考时用小说式的怪言怪语来作文，岂能入满脑子八股范的主考法眼。

金圣叹带着无奈的踌躇和无声的抵牾做了新朝的臣民，在自家门首大书“顺民”二字。他和当时众多的读书人一样，经历着一生中心理上最复杂最难堪的日子。这副对联就是当时的心路之语。这是一种自我的救赎，自我的解脱，用中国最朴素的思想为自己放下以往。通过几件事，可以看出他对待时世的态度。

金圣叹原名“喟”，入清后改为“人瑞”。这是效仿陶渊明。陶渊明由晋入宋时，就曾改名，表明原名这个人，只属旧朝。这是柔弱文人改名明志的一种形式。此后，金圣叹把余生专注于批注，没有再入科考。蔡丐因《清代七百名人传》中描述“明亡后，终日兀坐，以读书著述为务。年四十，黾勉著述，丹黄不辍，贯华堂中，书如獭祭。心血耗竭，白发星星矣。”

金圣叹只是一介书生，书生最大的愿望就是所著有知音，为天下人知。被人诟病“诲淫”“诲盗”“疑谤百兴”、立异欺世、称为“儒妖”、埋没了数十年的金大才子，在 54 岁时听到当今圣上读其批注才子书，谕词臣“此是古文高手，莫以时文眼看他”等语时，“感而泣下，面北向叩首敬赋”。蠹书 30 多年，委曲日久，圣上对自己一生的天赋才情，一生的心血劳作给予如此的嘉许，恍惚如醉梦中的他自有比肩东坡、昌黎之慨。因此，他自然而然有了扶摇之想：“半生科目沉山外，今日长安指日边。借问随班何处立？香炉北上是经筵。”在诗里，金圣叹情不自禁表达了廷侍之想。通脱放达背后，有过多少隐痛，就像这副联语，表面之下，是一种人格的妥协与退让。

但仅过一年，随着 24 岁的顺治皇福临的晏驾，福运并没有降临到金圣叹身上，祸倒是上了身。金圣叹的命运也走上与《水浒》英雄相同的另一条轨道，上演了谢幕人生的悲剧。

顺治驾崩，江苏巡抚朱治国于府衙设祭堂，哭临三日。朱治国两年前开始在江南各郡大兴“奏销案”。无论地主、乡绅，或者生员士子，无论欠数多寡，一律奏请黜落功名。又有苏州县令任维初以酷刑催纳钱粮。合邑之民无不惊栗。于是，1661 年二月初四日，三天哭临的最后一天，苏州一百多名生员聚集在文庙哭奠刚刚去世的清世祖。

大才子金圣叹草拟了哀悼顺治的哭庙文，还亲自击响了文庙的钟鼓。顺治的突逝，让金圣叹心中燃起的一点希望破灭，酷吏的行为，又让他心生愤怒。55岁的他走向钟鼓楼的那一刻，应该是大义凛然的，他绝不会想到自己最后会死在由此引发的控诉酷吏的“集体告状”中。

金圣叹并没有想当英雄，却无心无意成了英雄。这是他从小结缘《水浒传》的宿命吗？当他面对死刑赴难那一瞬间，我想他身上充盈着的水浒英雄的气度会自然流露。

作为当时九起“通海大案”之一，江南哭庙案中包括金圣叹在内共十八人被斩决。

本是书生，却做了英雄，金圣叹理想中的“水归器内各显方圆”，终究没有做到。

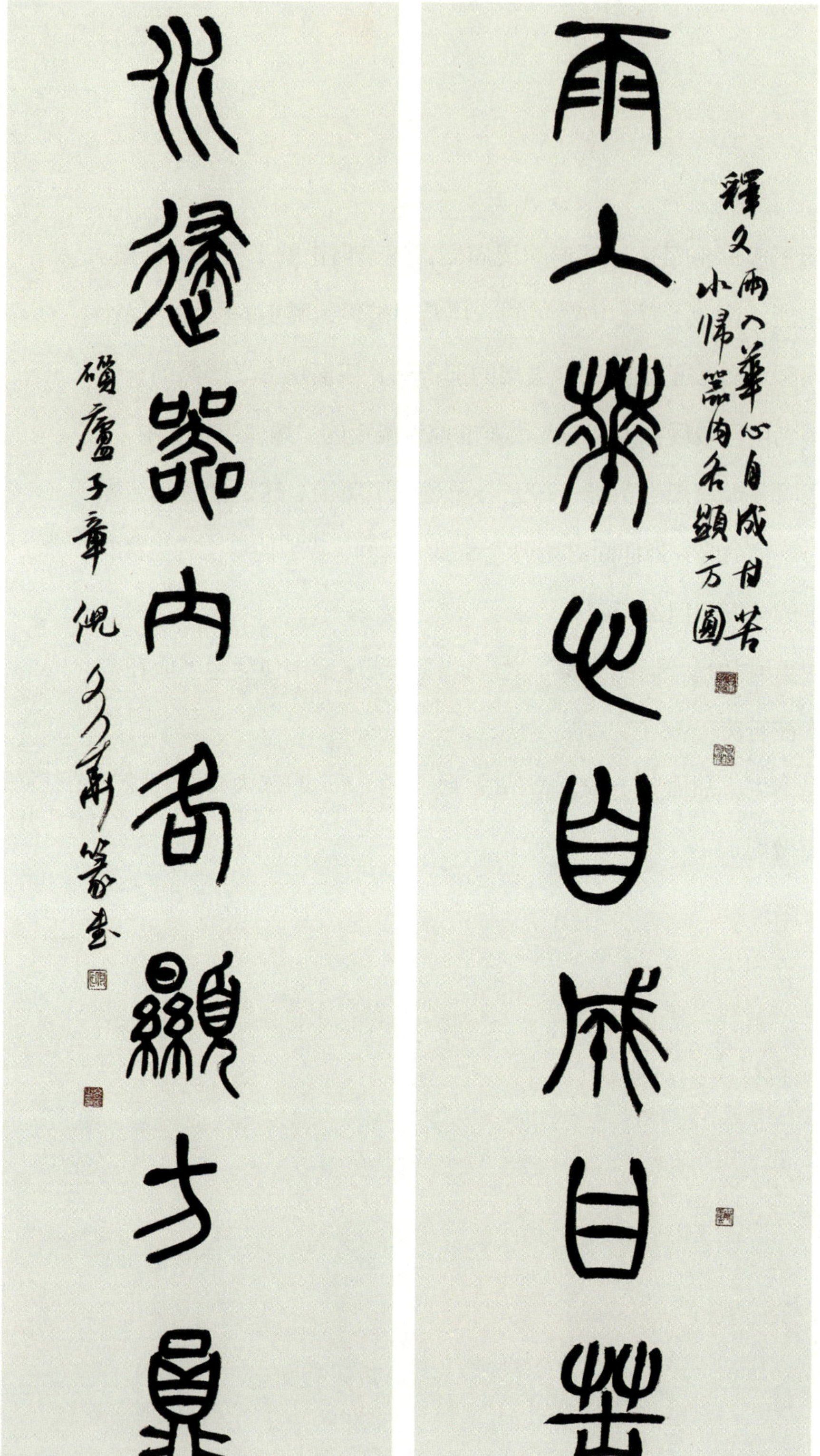

金圣叹题书房联　180 cm × 36 cm × 2

梦中旧事时一笑

梦中旧事时一笑，

醉里题诗字半斜。

此联上句出自苏轼《和蔡景繁海州石室芙蓉仙人旧游处》四十句长诗。此为尾联句，前后句为“门外桃花自开落，床头酒翁生尘土。前年开合放柳枝，今年洗心归佛祖。梦中旧事时一笑，坐觉俯仰成今古”。下联出自陆游《梅花绝句》诗：“探春岁岁在天涯，醉里题诗字半斜。今日溪头还小饮，冷官不禁看梅花。”

这副集宋人诗句联，不算工稳。不工首在对仗。“旧事”与“题诗”，句式结构不对。二在词性不对。上联“时”与下联 “字”，一时间词，一名词；“笑”为动词，“斜”是形容词。三在词意并不稳合。

但此联集北宋苏轼、南宋陆游两位大诗人名句，意境高远，内涵丰富，耐人寻味。

苏轼是个真性情之人，又好酒，但酒量并不大，好像逢喝必醉。在其诗词中，微醺、半醉、深醉、醉倒、醉卧、醉倚之态随处可见。“相逢一醉是前缘，风雨散、飘然何处。”（《鹊桥仙·七夕送陈令举》）“使君能得几回来，便使尊前醉倒、且徘徊。”（《虞美人·为杭守陈述古作》）与友人之真情，都倾注在酒杯里；“云鬟倾倒。醉倚栏杆风月好。”（《减字木兰花·寓意》）在苏杭的锦绣生活里，为红颜为绿罗醉几回又何妨；而最豪迈的是初离杭州改知密州时，又“醉笑陪公三万场”“痛饮从来别有泪”（《南乡子·和杨元素》）。其最具盛名的《水调歌头》“丙辰中秋，欢饮达旦，大醉，作此篇兼怀子由”，“把酒问青天”的人生询问;《西江月》“过酒家饮酒，醉，乘月至一溪桥上，解鞍曲肱，醉卧少休，及觉已晓”时的“我欲醉眠芳草”的惬意;《临江仙》“夜饮东坡醒复醉，归来仿佛三更”时“倚杖听江声”的旷达；打猎之时“酒酣胸胆尚开张”“会挽雕弓如满月，西北望，亲射虎”的豪情。一个憨态可掬的形象定格在诗画里。

有酒就少不了梦，各种梦就全跌落在他的诗词里。他写过清梦、云梦、幽梦、枕梦、寒梦、残梦、帝梦、归梦、君臣之梦，等等。活在梦里，何时是梦觉？

熙宁七年（1074 年）十月，东坡由海州赴密州途中，早行马上作

《沁园春》寄子由。“孤馆灯青，野店鸡号，旅枕梦残。”此时梦里“往事千端”，所忆乃是“当时共客长安，有笔头千字，胸中万卷”，残破的是“致君尧舜”之梦，只好“用舍由时，行藏在我，袖手何妨闲处看”，“且斗尊前”。

“君臣一梦，今古虚名。”在过七里险滩“一叶舟轻、双桨鸿惊”之时，苏东坡心中还不忘天君《行香子·过七里滩》；“身闲唯有酒。试问遨游首。帝梦已遥思。匆匆归去时”（《菩萨蛮·席上和陈令举》）。帝梦最期待，帝梦最无奈。

幽梦最伤感。“惊破绿窗幽梦，新月与愁烟。满江天”《昭君怨·金山送柳子玉》；“觉来幽梦无人说。此生飘荡何时歇？家在西南，长作东南别”《醉落魄·离京口作》。熙宁七年（1074年），孟春离京口时，与友人饮

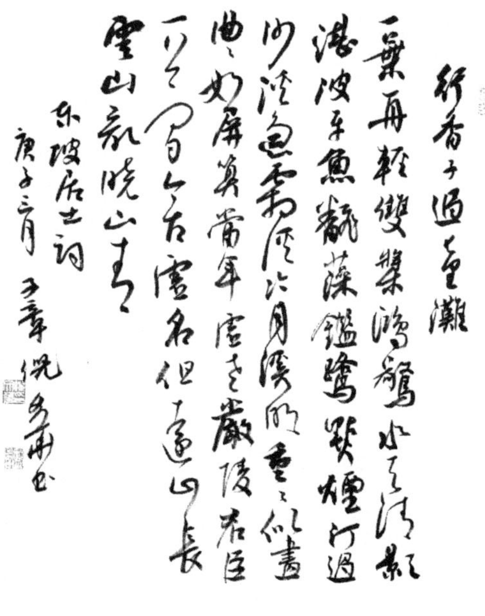

苏轼词《行香子·过七里滩》 68 cm × 46 cm

酒作乐之后，酒后醒来好梦不知与谁说的怅惋表露无遗；“夜来幽梦忽还乡。小轩窗，正梳妆。相顾无言、唯有泪千行。”《江城子·记梦》这种“十年生死两茫茫”的情感足可撼动千秋。

别梦归梦最绵长。在密州东坡有“老夫聊发少年狂”“千骑卷平冈”的欢愉，“但觉秋来归梦好，西南自有长城”《何满子·密州作·寄益守冯当世》，归梦总绕心尖。

元丰七年（1084 年）七月，东坡去黄北归，过姑熟，又见友人之子，思及离开，不是欢喜，而是一种归途离别之伤感。“别梦已随流水，泪巾犹浥香泉”。（《西江月·姑熟再见胜之·次前韵》）别梦里是泪水长流，深情款款。

人的一生要经历许多事，而能够刻骨铭心、进入梦乡的事，都不是小事。要么是大好事大喜事，要么就是大难事大悲事。但不论是什么事，苏东坡都能一笑置之，“乐事回头一笑空”，“醉脸春融。斜照江天一抹红”。熙宁七年（1074 年）十月，苏东坡于润州写下《采桑子·润州多景楼与孙巨源相遇》。这是他从杭州贬密州，二贬之后笑对世事的心态。

“明月如霜，好风如水，清景无限。曲巷跳鱼，圆荷泻露，寂寞无人见。紞如三鼓，铮然一叶，黯黯梦云惊断。夜茫茫，重寻无处，觉来小圆行遍。　天涯倦客，山中归路，望断故园心眼。燕子楼空，佳人何在，空锁楼中燕。古今如梦，何曾梦觉？但有旧欢新怨。异时对，

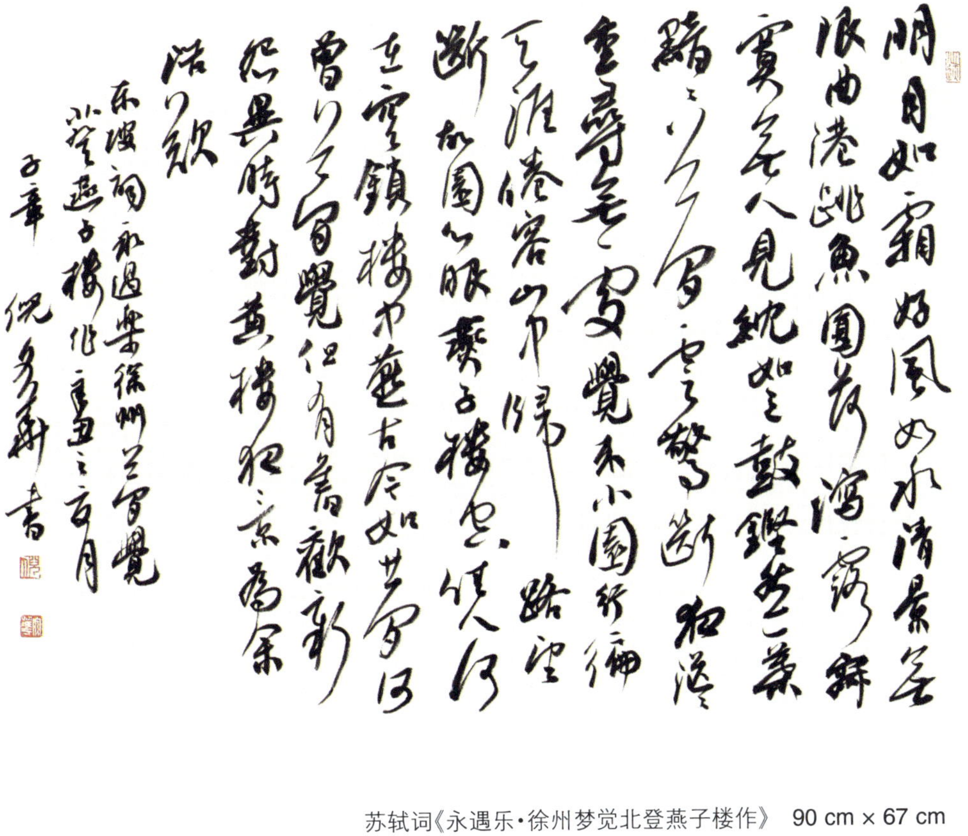

苏轼词《永遇乐·徐州梦觉北登燕子楼作》 90 cm × 67 cm

黄楼夜景，为余浩叹。”（永遇乐·徐州夜梦觉，北登燕子楼作）

这首词写于神宗元丰元年（1078年），东坡时任徐州知州。这是他第三次被贬，对宦海波涛还只是初尝无奈。此时的“梦”还是像天上的云一样飘忽渺茫，不可捉摸。“古今如梦，何曾梦觉。”他还没完全从梦境里醒来。可是又有谁能在尚未经历完自己一生旅途的时候、就突然从梦中清醒过来呢？又有几个人能从自己的悲欢得失之中跳出来而体会到大自然那一份永恒不变的美好呢？

苏东坡在经历“元祐党案”“乌台诗案”，先后被贬十多个地方。但他对这些“旧事”都能一笑而过，“也无风雨也无晴”。我想这就是东坡给世人提供了一个精神的场域，安放着无数人的人生况味。

东坡喜欢写梦中觉醒的境界。其“人生如梦，一樽还酹江月”的一句慨叹，流露出多少文人的心情。看似旷达的文字表面，事实上却在当年自己壮志未酬，被贬黄州而“早生华发”的对比中，蕴含了深痛的悲慨。于东坡而言，“乌台诗案”在他一生中，无异于是料峭春风中的一场噩梦。被贬黄州后，东坡的精神世界、修养操持又一次得以净化和升华，有了对宇宙人生的一种通明洞达的观照。这期间写的《定风波》“也无风雨也无晴”，已完全超脱于风雨阴晴、悲喜祸福之上了。因此，以后的数次贬谪，他都能从容相对，并在宦海波涛、风高浪险的九死一生中，始终坚信“云散月明谁点缀，天容海色本澄清”。这是他一生善处逆境穷通达观的智慧结晶。

对人生的看淡，不是生活的乏味。看开、看淡，不是躲开生活。而是要享受生活，丰满人生。“醉里题诗字半斜”，生活里的情趣往往流淌着人生的真谛。

陆游同样是一个心有“旧事”的至情至性之人。

陆游有一首诗，就叫《一笑》，与东坡此句有异曲同工之妙。诗曰：“半醉微吟不怕寒，江边一笑觉天宽。莫悉艇子急冲雨，何逊梅花频倚兰。万事任从皮外去，百年聊作梦中观。放翁纵老狂犹在，倒尽金壶烛未残。”

绍宋二十一年（1151 年）仲春的一天，二十七岁的陆游踏春到沈园，由此开启了他期期艾艾、凄楚绝伦的爱情故事。本是万紫千红的一天，突然乌云密布，大雨滂沱。他邂逅了青梅竹马，曾结发为妻，内心还深爱着的唐琬。改嫁他人的唐琬同样深爱陆游，遣人给陆游送来了温酒和菜肴。陆游只能将眼泪和酒一齐咽下，对着一堵粉墙，题下了见证两人深情的《钗头凤》。谁读谁流泪的千古绝唱就在这一次的邂逅出现。而唐琬在写出另一首相和的《钗头凤》后，二十五六岁的她就带着哀怨离世，留给陆游的是凄清的旧梦和永远的痛。陆游晚年经常到沈园去，他总是想起唐琬。八十二岁时他写《春游》，“沈家园里花如锦，半是当年识放翁。也信美人终作土，不堪幽梦太匆匆。”这是写给唐琬的，是梦的回味。

陆游有深情，但没有东坡的旷达和洒脱。东坡时常在酒里把味人

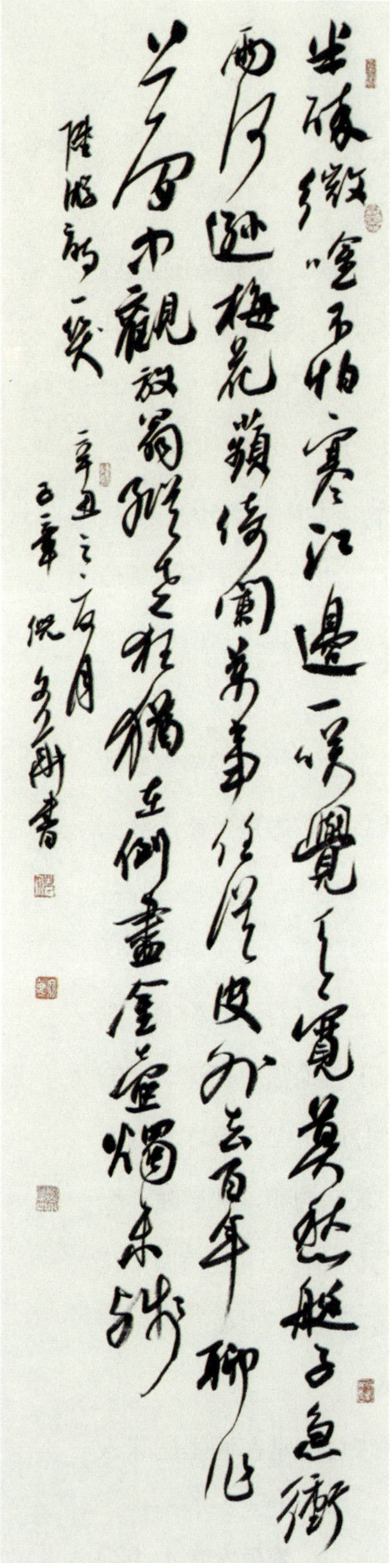

陆游诗《一笑》 138 cm × 34 cm

生，将跌宕起伏的一生过得都像在梦的摇篮中。而放翁生活在民族矛盾十分尖锐的时代，他一生都背负着“平生万里心，执戈王前驱”（《夜读兵书》）的责任担当，即便在弥留之际，都不忘叮嘱家人“王师北定中原日，家祭无忘告乃翁”（《示儿》）。

北宋东坡，南宋放翁，两个相隔百年的诗人，用他们行路万里、脚踏千山曲折有致的人生和醇厚多情的诗酒，给我们呈现了丰赡的人生况味，深读有味，细嚼回味。

集苏轼陆游诗联句　180 cm × 36 cm × 2

一榻菰蒲夜雨船

曾见过一幅盖有乾隆帝御览印、张雨题款的《倪瓒像》。倪瓒身形微胖，素衣宽鬖，端坐宽大的红木床榻上，左手捏卷，右手执笔，正欲题诗作画。背后是山水画屏，左右是男童女婢侍奉。彰显出一派雍容高洁气息。不知道这是不是他年轻时所营造的“清閟阁”或“云林堂”之景致。

当读到倪云林《怀归》诗：“久客怀归思惘然，松间茅屋女萝牵。三杯桃李春风酒，一榻菰蒲夜雨船。鸿迹偶曾留雪渚，鹤情原只在芝田。他乡未若还家乐，绿树年年叫杜鹃。”流寓“松间茅屋”，置身“一榻菰蒲”的意境与画里的感觉是有天壤之别。很难想象过去那个坐拥“清閟阁”“云林堂”“海岳翁书画轩”，族属寖盛，富甲一方，赀雄于乡的倪家主人如此穷困凄清。其 62 岁时漫题句：“昔日挥金豪侠，今朝苦行头陀。”这是其晚年生活困顿，衣食不周的真实写照。

读到此诗，很自然就会想到黄山谷的诗句“桃李春风一杯酒，江湖夜雨十年灯”。可以看出，倪云林是化用了黄山谷的诗句。但由于情境心境不一样，表达的意境有别，故有不同之处。黄句更有时空感，是作者与友人桃李春风酒别十年之后发出的感叹，这种情感有一种穿越时空的厚度 。而倪句更有当下感，是作者于风高浪急的雨夜之时坐在船中菰蒲上怀想着归家的当下之情。其实此时倪瓒已在外风雨飘摇了近二十年，想家念家却已无处可寻、无家可归。“天地疮痍谁复悯，江湖羁旅我同心。故山日日生归梦，翠竹青松自百寻。”这就是他真实的心境。“还家乐”只是他的一种愿望而已。“一榻菰蒲”成为倪云林一生的影像。

倪云林是个有故事的人。他的洁癖只是个传说，而有据可查的“逸事”却不少。

1306 年，正是元朝开国三十五年，倪瓒出生在江苏无锡梅里祇陀村一个富裕人家。初名珽，后改瓒，字元镇，号云林居士。他幼年丧父，靠长兄抚养大。青少年时衣食无忧，自在逍遥，不谙事务。二十七岁时，长兄、嫡母、老师相继去世。三十岁时遇天灾、瘟疫与民变，家道中落，经济拮据。不善持家理事的倪瓒只能避身诗文书画茶酒美食。

五十岁左右，他变卖了家产，并将所卖缗钱全部给了张姓好友。此后，他携家避兵笠泽，浪迹太湖中，逍遥天地间，行踪漂泊不定。作为一个在元代高压政治下的文人，倪瓒散尽家财，漂泊隐居于湖山之间是多方面原因促成的，其心情想必也是十分复杂的，但他决然告别过去的生活，将自己的后半生交付山河湖海，交付诗书字画，这是一种精神的交付，是对生命的更高寄望。从元至正十三年（1553 年），到他去世的 20 年里，他全部的生活就是悠游访友，诗画自娱，过着泛舟漫游，云游无定的隐逸生活。1368 年，朱元璋建立明朝，天下渐安，年老孤苦、贫穷清寒的倪瓒还在漂泊，借居度日。明洪武七年（1374 年）是他生命最后一年。这一年，他结束二十多年离乱飘零的生活，春秋六十九载，生命终结在医生好友夏家的停云轩里。仿佛宿命一般，他的最后一站终止在“停云轩”。

倪云林是个情趣横溢的人。首先他是个诗人，他用诗记录自己漂泊的人生。在蒙元时代，他的诗名远胜于画名，当时求他写诗题诗之人远远多于求画的。传世诗作也最多，其墓志铭以诗人记之，而无一字涉及绘画。他信笔成诗，但意境清幽，气象旷达。他的诗多为题画、隐逸、唱和之类，多为吟咏性情之作，这应与其身处乱世，不乏人生感慨有关。其诗萧淡冲雅，不屑于苦吟而神思散朗，意格自高，不可限以绳墨。“其清新典雅，迥无一点尘俗气，固已类其为人。”他生于元，死于明初。当元明之交，东吴一域，智者献谋，勇者效力，学者售能，唯倪云林甘于抱清贞绝俗之态，卒閟其用，既未仕元，也不仕明。他鬻其田产，与渔夫野叟混迹于五湖三泖间，丰采益高，理致冲

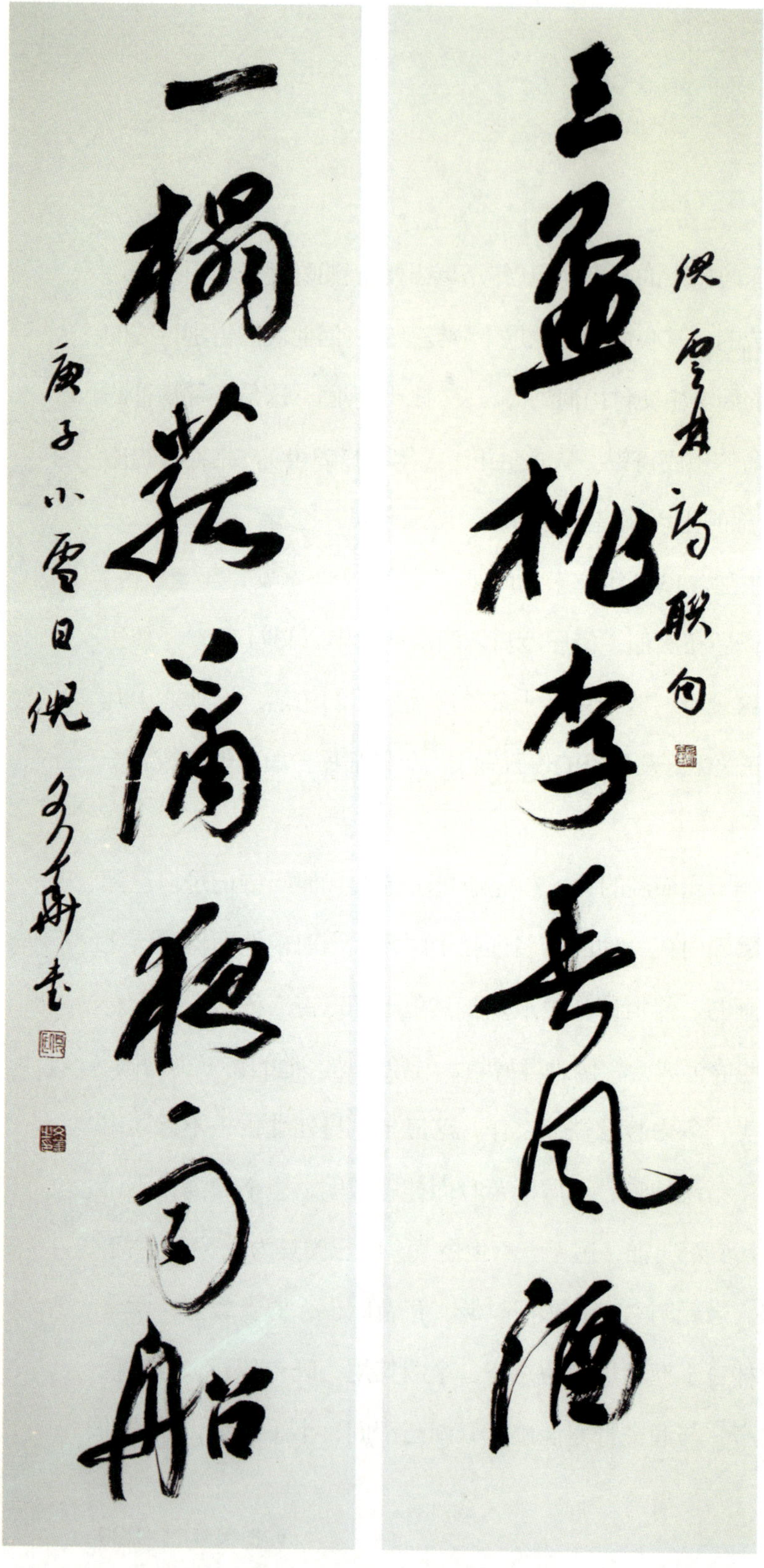

倪云林诗联　138 cm × 36 cm × 2

淡，尤负气节，更见本性。“乱离漂泊竟终老，去住彼此情为情。孤身吊影吾与我，远水沧浪堪濯缨。”春风多雨的清明节，寄人篱下的无奈表现无遗。“莫负尊前今夜月，长吟桂影一展眉。”临危病中咏怀，倪瓒在“白发悲秋不自支”的生命尽头，依然表达出对生活的热爱、对生命的眷念。

好诗之人大都爱酒，如杜甫、李白、东坡等等。倪瓒亦不例外。在云林堂宴集，他与好友张雨“坐对盈樽酒，欣从心所亲”。于烟渚溪船留宿处“把酒风雨至，论诗烟渚前”，对客访友，饮酒赋诗，好不惬意。倪瓒曾居好友陆玄素家四年，不知与之喝过多少酒，醉过多少回，当其后人索画时，不但为其画竹石，还主动题诗其上，已然六十岁的老人思及故人还不忘“何时重相过，烂醉得佳眠”。中秋时，六十二岁的倪瓒邀友于快雪斋酌酒，“我醉行吟踏秋月”“心境泠然同一洁”，酒醉心明，心同皎月。而其描写醉后失态乞药之诗：“枯肠嗜酒复畏醉，既醉渴心真欲狂。为解晓酲喉吻痛，大金花剂性偏凉。”生动有趣。友人知其好酒，每置酒相邀，“置酒邀余写竹枝，隔竹庖人夜深语”。看来是画到夜深，酒也喝到深夜。有一首诗题名就是《对酒》：“题诗石壁上，把酒长松间。”诗人自中年好酒后，“石尊贮酒供杯饮”，那是他迎来送往时饮，喜怒哀乐时饮，游山玩水时饮，吟诗作画时饮。致其晚年因患赤白痢疾六十九岁而逝。

倪云林好茶品茶。而且还是花茶的引领者，精致生活的力行者。

在《云林堂饮食制度集》就记载了橘花茶、莲花茶的制作方法。明人搜集的《云林遗事》记载了倪云林开发的清泉白石茶。研茶鉴水，清饮雅尝，清泉煮茶，“蟹眼”水浸茶，“响水”泡茶，在艺术上深具高情雅怀的倪云林，同样开启了生活上高洁和清致的个性化品格。其诗中有很多写茶的诗句，如《安处斋图》题句“菊苗春点磨头茶”,《龙门茶屋图》“茶屋白云泉”,《北里》“人语烟中始焙茶”,《过许生茅屋看竹》“碓茶声远隔溪闻”,《送徐子素》“贮火茶炉作雨声”，“两株松下煮春茶”，等等。其独立不迁之思想，“赏其处为知己”的山水画，“只傍清水不染尘”的写意诗，远离世间烟火的上品茶，道法自然，崇尚意境，如出一辙。

倪云林还是个美食家,《云林堂饮食制度集》就收录了他家的食谱约五十种菜点饮料的制法。最负盛名的一道菜就是“云林鹅”。自负很高的袁枚在他的《随园食谱》中也收入了此道菜，据说日本的有关烹饪书中也收入了“云林鹅”，足见此菜委实风味佳美，誉满中外了。还有雪花蟹斗、蜜酿蝤蛑等，光菜名就不一般了。

明清以降，其画名却掩盖了诗名。与黄公望、王蒙和吴镇并称“元四家”，开一代 “逸气”画派。

2018 年，上海博物馆举办董其昌书画展，我专程从长沙飞赴上海观展。过去曾临习过董的山水画，亦曾浏览董之草书帖，但对董之书画始终未曾深入过。虽然，今次观展依然有些失望，但其中展出了倪云林的代表性作品《六君子图》，却让我怦然心动。这幅横 33.6 厘米，纵61.9

厘米的纸本水墨小画，透着大气格。此画作于元至正五年（1345年），倪瓒三十九岁时，也正是其画风酝酿成熟时。此时他已能熟练使用“一河两岸”三段式平远构图法，这是他的画学精粹处之一。图中绘六树参差，用笔简洁，行列修挺，疏密掩映，气象萧索，高淡疏远。黄公望题跋：“远望云山隔秋水，近看古木拥陂陀。居然相对六君子，正直特立无偏颇。”从此之后他的山水画几乎没有离开过松石平坡、沙渚远山和茅亭竹篁。当倪瓒开始浮游生涯之后，每独对太湖之景而画时，他也许并没有想到他的平远构图，折带皴法，润洁、空明、澄清、幽远、高逸、寥廓的意境，开创了一种前无古人后无来者，独一无二的绘画风格，成就了中国山水画史上的一座高峰。董其昌题瓒“云林画虽寂寥小景，自有烟霞之色，非画家者流纵横俗状也。”并誉其为“古淡天真，米痴后一人而已”。

倪瓒是一个孤高清迈之人，晚年又是清贫困苦之人，但他的生活是如此丰赡，他的精神是如此阔达。无论是松间茅亭里的一席菰蒲，还是雨夜舟船上的一榻菰蒲，倪瓒都在用他孤高圣洁之生命体验，为我们描绘一个高洁的诗意世界。还是用倪瓒生前挚友张雨题《倪瓒像》中的句子为联来记住他吧：

产于荆蛮，神交海岳；

寄卧云林，意匠摩诘。

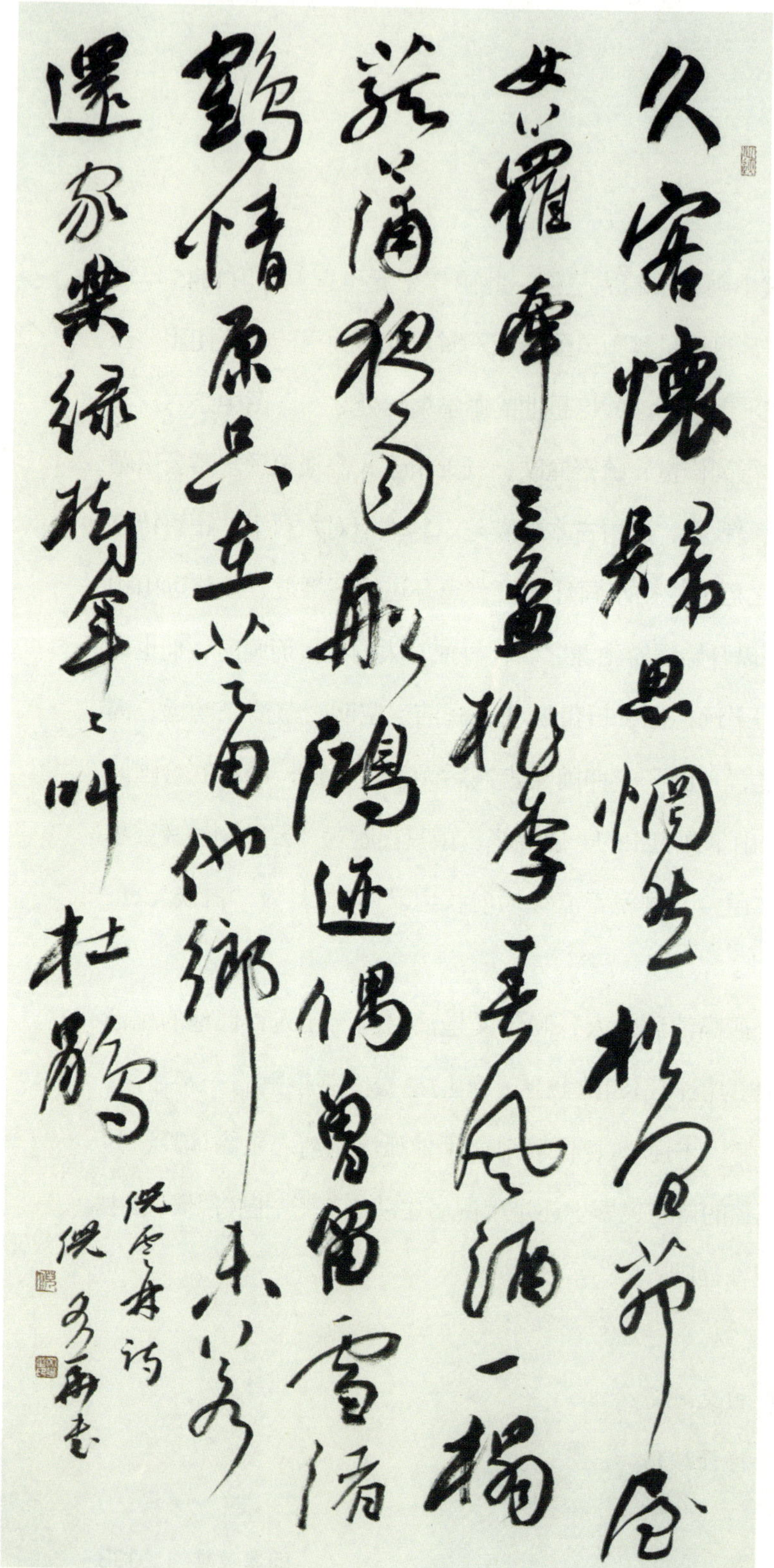

倪云林诗　138 cm × 67 cm

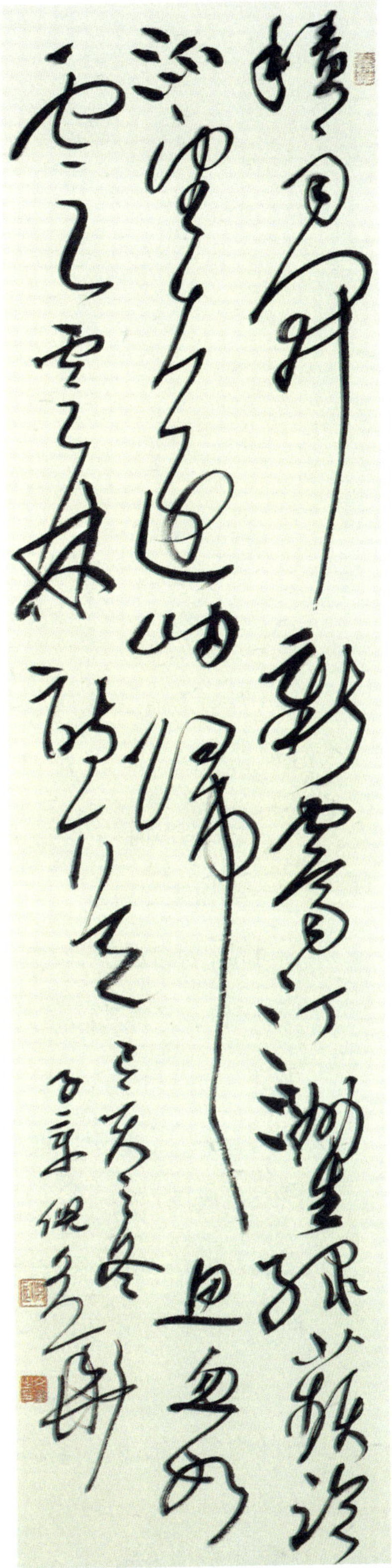

倪云林诗　138 cm × 36 cm

翰墨英雄

《宣和书谱》中形容王安石的书法是“美而不夭饶，秀而不枯瘁，自是一世翰墨之英雄”。王安石的字在宋徽宗时代就入了宫廷收藏。但从台北故宫博物院所收藏的《过从帖》和上海博物馆收藏的《首楞严经旨要》来看，其书法如其人，有尖刻气弱之态，格局并不宏大，誉为翰墨英雄，有其身居高位捧誉之嫌。

在中国书法史上真正称得上翰墨英雄的，我以为非颜真卿、倪元璐、黄道周莫属。他们三人于国家艰危之时挺身而出以命相搏，人格彪炳万世。同时，在书法上大胆创新，突破巢窠，具有强烈的创新精神，塑造了鲜明的个性书风，笔墨雄视古今。

他们三人是最能感动我的书法家。倪元璐书法多作自作诗，又以五律为多，很少见其楹联书法作品。而其单独作条幅书写的这件诗联

《翰墨英雄》 138 cm × 46 cm

“朝为剑魄澄江上，暮作笔花清梦中”，很形象地表现了一个有情怀有血性的士大夫书家的形象。

英雄有血性，敢见危搏命。

英雄亦有清梦，能笔墨生花。

当北宋时的范仲淹说出“颜筋柳骨”，晚清将“欧颜柳赵”并称时，颜真卿这个伟大的书法家就历千年不衰地进入中国寻常百姓的日课里。我从二十几岁的毛头青年开始接触颜体，大学数年朝夕课对，临习了几十年而不弃，他在我心底掀起的波浪几十年都还在奔腾汹涌，荡涤着我的精神堤岸。

颜真卿出生在京城一个官宦之家，家学渊源深厚。他在笔墨、结构上都对“二王”以来的主流书风进行了突破，他把“二王”以来的妍美书风，将初唐以来以欧、虞、褚为代表的瘦硬书风，一变为气势

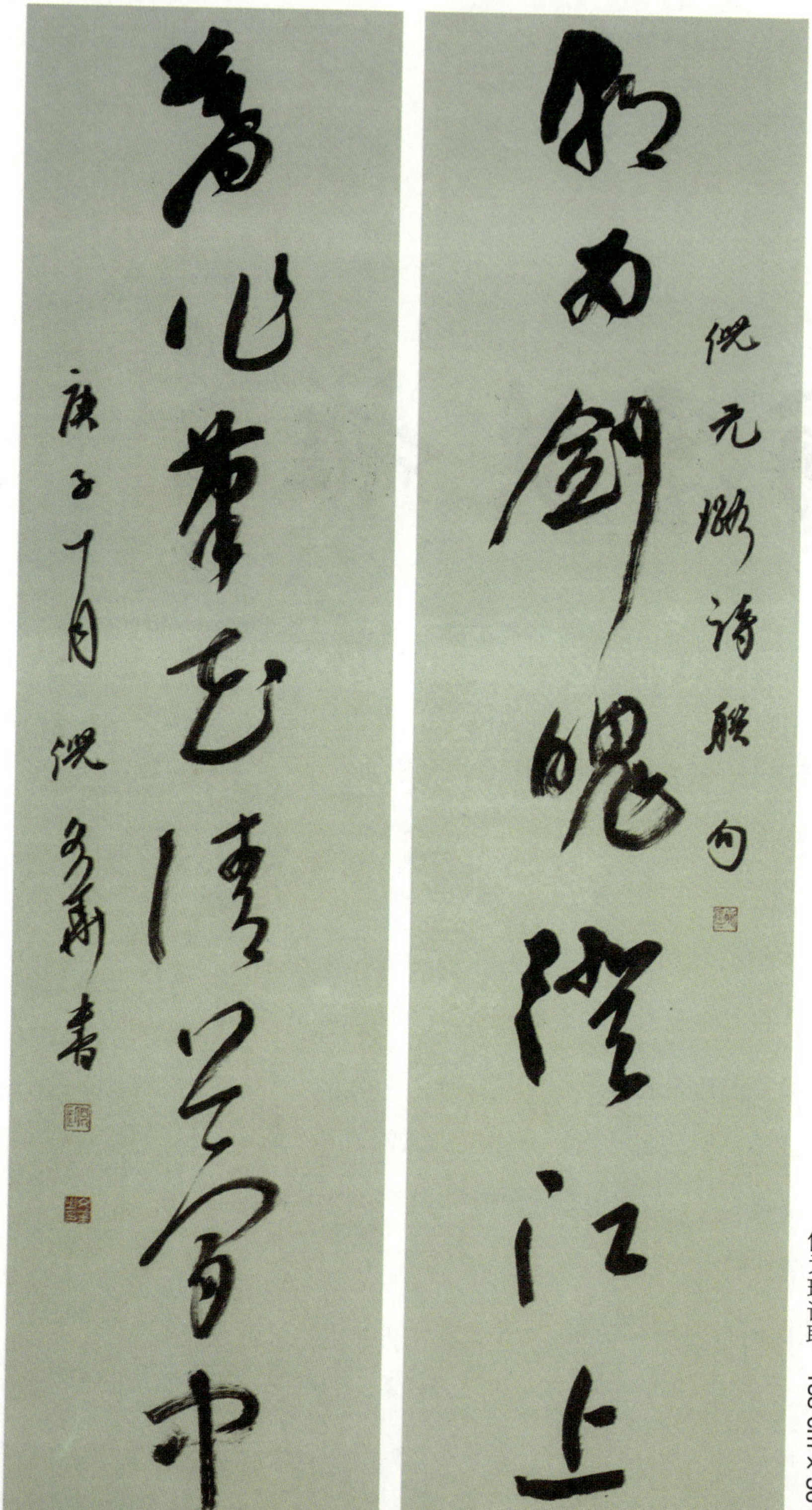

倪元璐诗联 138 cm × 36 cm × 2

外拓、笔厚墨饱、筋肉丰满、骨骼雄秀的“颜体”。其楷书不仅是学书者入手之范本，还转化为宋人活字印刷体，沿用至今。其行书深深影响宋时苏黄米蔡四家，影响之大，二王之后，仅颜真卿一人而已。而其事功亦是英雄之举。外放平原郡时，安禄山叛乱，起兵范阳，颜真卿不顾居弹丸之地、势单力薄，勇举义旗与之对垒，与之斗智斗勇，并取得唐王朝在河北讨叛战役中唯一的胜仗。虽然最终败撤平原，但其忠勇令人佩服。他的行书《争座位帖》描述了他批评郭英乂有违朝廷礼制行为的事，忠义之气横溢于文字之间。在其晚年，明知被算计仍执意赴敌营宣诏而遭敌缢杀的壮举，则将其七十七岁人生推向了可让历史聚焦的悲剧英雄的尾幕。从他那挺拔的字里行间散发出的堂堂正正之气，就是他生命气息的另一种呈现方式，可以让后人感受到的一种风骨。

一代文宗欧阳修说：“余谓颜公书如忠臣烈士、道德君子，其端严尊重，人初见而畏之，然愈久而愈可爱也。”其书可爱，其人可爱更可敬。“是气所磅礴，凛烈万古存”，这种精神化着他的笔墨长存在历史长河中。

生逢明末清初的倪元璐、黄道周，是一对义结金兰、同朝为官的知己。他们两人共同经历了“甲申之变”。黄道周是告病在家时闻明亡而临危受命组织力量抗清，失败后被捕入南京狱，血书“大明孤臣黄道周”昂首就义。倪元璐是退隐返乡，闻北京陷，变卖家产，组织军队北上护主，至京闻崇祯帝死，平静地穿戴整齐向南而坐，取白绸自缢而死。这对至交好友书友用他们不同的离世方式，完成了他们的忠义人生。他们的翰墨如他们的人生一样独特。黄道周以其惊世骇俗、戈戟森厉、生拗横绝的个性化书风，倪元璐以其新理异态、摇电多姿的书风，共同辉映于书法史的天空。

他们殉道的不仅仅是一个王朝，而是绵延不绝的中华传统文化。他们是真正的翰墨英雄。

濂溪一脉清如许

吾道南来，原是濂溪一脉，

大江东去，无非湘水余波。

关于此联有诸多流传的说法，大体是晚清著名学人、经学家湘潭王凯运湘绮先生，受邀赴江浙讲学，与江浙才子谈诗论道，一众江浙官人学子认为王湘绮其貌不扬，从蛮夷之地湖南来，没有学理渊源，就想一试其学问深浅。王湘绮一时口出此联，震慑当场。于是甚为傲骄的江浙学人再也不敢小瞧王湘绮先生了。其实，在金陵贡院就刻有此联，不过上下联句稍有不同，联为："吾道南来，的是濂溪正派，大江东去，无非湘水余波。"

我初知此联亦是 20 多年前郴州修建爱莲湖公园时，爱莲湖公园

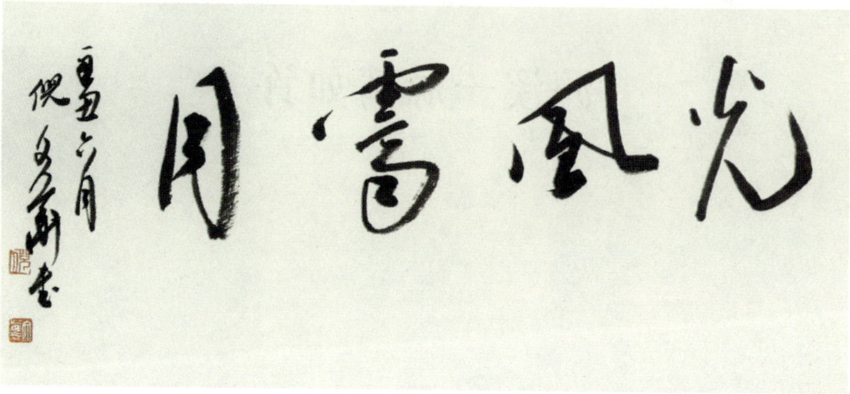

《光风霁月》 138 cm × 46 cm

内的濂溪书院大门就刊刻了这副联句。透过此联可窥见濂溪理学由隐晦到彰显、鼎足的历史轨迹。

理学源起湖南道州周敦颐，但其身前并未曾发表，亦不为人所知。他将自己的理学思想传给了弟子程颢（1032—1085 年）、程颐（1033—1107 年）兄弟。而程氏是河南洛阳人，其父程珦任职南安军副知军时，与担任南安军司理参军的周敦颐同事了一些时间，程珦见周子学问深厚，是个为学之道的大材，便让当时年方十五岁、十四岁的两个儿子拜周子为师，从游数年。后二程在洛阳讲学，共创“洛学”。其说“饿死事小，失节事大”，影响了无数知识分子。程氏两兄弟共同的学生杨时是将程氏理学从北方带到南方的枢纽人物。

杨时（1053—1135 年），字中立，南剑将乐人（今福建将乐），晚年隐居龟山，两宋之际儒学家、理学家，与游酢、谢良佐、吕大临并称“程门四大弟子”。杨时于宋神宗熙宁九年（1076 年）中进士，曾闭门不仕多年，后历任浏阳、余杭、萧山知县，又任秘书郎、著作郎、国子监祭酒、徽猷阁、龙图阁直学士等职。杨时中进士后，调官不赴，却到颍昌拜程颢为师。杨时学成南归时程颢目送他说：“吾道南矣！”意思是说我的思想可以传到南方了。程颢死后，已四十多岁的杨时又到洛阳向程颐问学，还十分恭敬，生动演绎了程门立雪的故事：一天大雪，杨时、游酢到程颐家中拜师求学。当时程颐正在嵩阳书院堂内的红泥火炉旁掩卷熟睡，二人不敢惊扰，于是站在雪地里等候。待先生醒来，雪已淹没了膝盖。这一求师问学的故事，后来经朱熹《朱子语类》广为传播，成为世人皆知的尊师重道的故事。而此故事中的人物程颐、杨时和朱熹，都是弘扬理学的关键人物。

宋室南渡后，杨时的政治地位与学术地位都相当高，史称“东南学者惟杨时为程氏正宗”（《宋史·道学传》）。人称“道南学派”“东南三贤”的朱熹、吕祖谦、张栻与杨时都有师承关系。杨时将程颐之学传给罗从彦（世称豫章先生），罗从彦传给李侗（世称延平先生），李侗传给朱熹，朱熹及其门生在福建武夷山一带兴办书院，聚徒讲学，系统研究濂溪理学，形成了“闽学”体系。朱熹是理学的最后完成者，是理学的集大成者，是继孔子之后对儒学贡献最大的思想家。他一生做官时间不长，但每到一地就兴办书院，借书院传播自己的学说。他大部分时间从事教学，门徒遍及天下，其影响力波及朝野。

同时，在浙东，三贤之一的吕祖谦（1137—1181 年），创建浙东学派，更多继承程颢的“心学”。陆九渊在江西开创宋明理学的“心象”学派。胡安国、胡宏、张栻等在湖南开创湖湘学派。随着朱熹与陆九渊开展鹅湖之会，到湖南举行张栻会讲，濂溪理学从湖南、江西经河南、江浙而转福建，又归于岳麓，历时近二百年，蔚成体系，成为后 700 多年的显学。道南一脉也因二程、杨时、朱熹、张栻及胡氏父子等的共同培育而汇成江河湖海。

一个时期，洛学、闽学、吕学、心学影响一时，但江浙、福建学子只知有程氏理学、朱子闽学而不知其源在濂溪。此联展示了湖湘学派的底气。

屈平词赋悬日月

屈不辞楚，九死无悔桑梓事；

原创楚辞，一兮呵成天下文。

这是汨罗修建屈原书院时征集的楹联，请我书写。我用略参简帛意趣的隶体书写了这幅联句。最近省湘剧院创排了一部大型新编历史剧《楚辞》。编剧是曹禺文学奖获得者曹宪成老师。这两件事让我对屈原有了重新认识的愿望。

汨罗是屈原投江之地。屈原二次放逐的大部分时光都是在江湘度过。当他真要离开之时，国已破，楚已亡，他无家可归。沅水清，湘水长，他无法割舍。这个他生活了二十多年的地方才是他真正的故乡。他怀沙自沉，把自己永远留在湘楚之地。

屈原（前 340—前 278 年）。周慎靓王四十八年（前 320 年），仲春时节，在鄂渚任县丞的屈原，时年二十岁，正是意气风发之青春少年。他应楚怀王之召出山进京，开始了他的仕宦生涯。第二年深秋，就首次出使齐国，实施其联齐抗秦之策。六年间，他大力改革，行其美政，而致旧臣权贵众怒。到周赧王元年（前 314 年），屈原因上官大夫之谗而见疏被罢黜左徒之职，任三闾大夫。次年（前 313 年）屈原第一次被流放汉北地区（今河南西峡、淅川、内乡一带）。其间秦国张仪破楚齐联盟，怀王两次兴师伐秦，皆败，汉中郡沦陷，史称“丹阳之战”。两年后，即前 312 年，楚国发兵反攻秦国，兵败蓝田，怀王重新启用屈原，命他二次出使齐国，欲联齐抗秦。秦以献城池为由，与楚合好。前 310 年，屈原第三次出使齐国，归后即被怀王疏远。周赧王十一年（前 304 年），秦楚复合，屈原坚持的联齐抗秦与之相悖，又遭奸人谗言所害，再被放逐汉北（今河南南阳西峡、淅川一带）。避地汉北，当有不得已之情在。故《九章·抽思》有欲归不得归之意。前 299 年，屈原回到郢都，和昭雎等一起力劝怀王不要赴秦王之会。怀王执意要去，一入武关就被秦军扣留，劫往咸阳，要挟他割让巫君郡和黔中郡。当朝大臣不顾怀王生死，从齐国迎回太子横立为顷襄王，公子兰为令尹又执意不肯向秦割让土地。秦即发兵攻楚，大败楚军，斩首五万，取十六城。前 296 年，怀王死于秦国，秦楚绝交。屈原被免去三闾大夫职，放逐江南。前面是屈原的从政史，从 20 岁致仕，三次出使齐国，六年美政改革，五年不能理朝政，36 岁时第一次被放逐汉北，流放近四年，到前 296 年 44 岁放逐江南，基本上就远离了朝政。前 296—294 年居长沙，前 293—292 年流连洞庭，憩枉渚；前 291 年到溆浦时五十矣。居此近三年后，乘船返回枉渚。53 岁时，自枉渚过洞庭到汨罗江，居江南岸南阳里，又三年，移居汨罗江畔的玉笥山下，经四年，到前 278 年，62 岁时自沉汨罗。他从 20 岁入仕，62 岁殁，42 年间，有近 23 年是在放逐之中，汉北 5 年，江南 18 年。虽远离中心，却心忧天下。

他从郢都出发，先到鄂渚，然后入洞庭。前 295 年，到长沙，饱览山川形势，甚起宗国之情。从前 294 年到前 279 年，屈原被流放南方荒僻之地。这次流放路线，按《哀郢》《怀沙》分析，是从郢都（今湖北江陵）出发，先往东南顺江而下过夏首（湖北沙市 东南），经由洞庭湖进入长江，然后又离开了夏浦（汉口），到了陵阳（今安徽青阳县南）。从陵阳过枉渚（常德），入沅水宿辰阳，入溆浦。时间长达 16 年之久。

2020 年秋，我踏上了沅江与溆水相汇处，大江口，一个很有气派的名字，犁头嘴，一个很形象的地名。犁头嘴东北是沅水，江阔浪急，水天相接；西南是溆水，窄口水静，山水相连。两水交汇聚成一个长三公里，宽八百到八十米不等的岸渚，尖尖的，像一把犁插入碧玉一

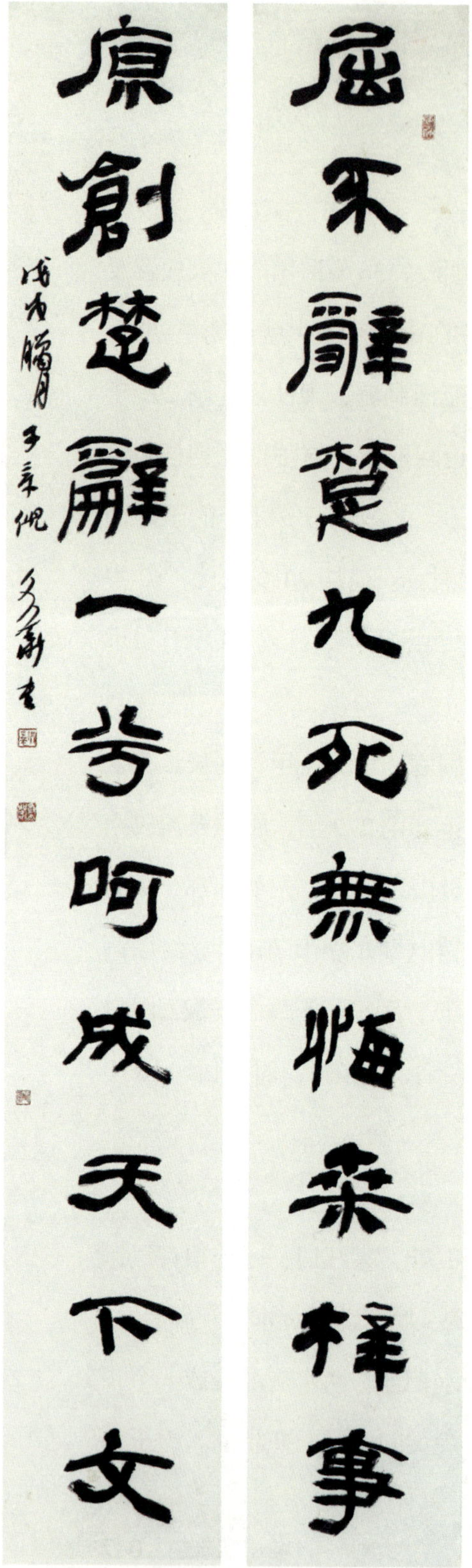
屈不辭楚九死無悔桑梓事
原創楚辭一兮呵成天下文

题屈原联句　248 cm × 36 cm

般。站在犁头嘴，放眼大江口，眼界为之一阔。当年屈原着奇服、带长铗、佩宝璐、乘舲船欣然而来，抱着“与天地同寿，与日月兮同光”的理想踏浪而来，在青山绿水间蹑足而登。他就是在这里产生灵感,挥就了入溆浦的第一篇文章《涉江》。他投江后，为纪念他，西汉时就在这尖尖上修筑了屈原庙。唐时“七绝圣手”王昌龄谪龙标时，皇甫五到溆浦上任，两人在这里参拜了屈子祠，还住了一宿。王昌龄作了一首诗：“溆浦潭阳隔楚山，离尊不用起愁颜。明祠灵响其昭应，天泽俱从此路还。”（王昌龄《别皇甫五》）可见，此时的屈原祠还是人们供奉进香的灵验明祠。王阳明先生从贵州回程过此地时写了《泊溆浦江口》，说这里已有了驿楼。“溆浦江边泊，云中见驿楼。滩声回树远，崖影落江流。柳发新年绿，人归隔岁舟。穷途时极日，天北暮云愁。”这位知行合一的大师“景愁”也是合一的。那时的这里是交通要道，是繁华街市，而今这里荒草丛生，残垣断壁。破败的屈子庙淹没在杂树荒丘后，没人引路难以寻觅。

之前，屈原离开郢都，他是心有不甘的，于是作《哀郢》。先往东入安徽陵阳，在陵阳被放逐九年之后，在某个秋冬之际，他南下从鄂渚（今武昌）义无反顾出发，经枉渚、辰阳，而抵溆浦。

乘鄂渚而反顾兮，唉秋冬之绪风。

步余马兮山皋，邸余车兮方林。

乘舲船余上沅兮，齐吴榜以击汰。

船容与而不进兮，淹回水而凝滞。

朝发枉渚兮，夕宿辰阳。

苟余心其端直兮，虽僻远之何伤。

这里是由洞庭入沅水进溆浦的第一站。他的华丽转身就是从踏上大江口犁头嘴这一刻注定的。

入溆浦余儃徊兮，迷不知吾所如。

深林杳以冥冥兮，猿狖之所居。

山峻高以蔽日兮，下幽晦以多雨。

霰雪纷其无垠兮，云霏霏而承宇。

哀吾生之无乐兮，幽独处乎山中。

吾不能变心而从俗兮，固将愁苦而终穷。

屈原江南流放二十多年，在湘楚之地行走就达十六年之久。他从顷襄王三年（前 296 年）来到溆浦，顷襄王二十一年（前 278 年）于汨罗投江，他的余生都是在湘楚间度过的。屈原 62 年生命，经历了春风得意、蹉跎岁月、人生升华三个阶段。溆浦是屈原一生中至关重要的一个站点，在这里度过的最后几年，使他从殿堂走向田野，融入民间，熟悉民众，从生活中汲取丰富的营养，从旖旎山水风光中获得灵感,并最终创作出了《楚辞》，升华了自己的人生。

泛航溆水之上，有个叫思蒙的地方。这里烟雨丹霞，峰奇岭秀。从思蒙向西，一直到渔米溪，有十里峡谷,《涉江》描写中的“深林杳以冥冥兮，猿狖之所居；山峻高而蔽日兮，下幽晦以多雨；霰雪纷其无垠兮，云霏霏其承宇”就是这里的景色。相传当年屈原从郢都放逐出来，郁郁不欢，一路上都是“混世余不知”的感慨。他进入溆浦，见此山高林密、竹青水幽，发觉正是自己思考人生、排泄郁情之好地方。于是他停船靠岸，造屋埋锅，住了下来，又神思所往，劈竹成简，将心中离开郢都以来的郁闷之情，合着这迷离景色一挥而就化作《涉江》。望着溆水西流，浩浩汤汤，参天古木，交合碧水，两岸猿狖，晃荡林岸；寒梅正放，兰荣蓼枯，他临江长嘘，拔剑砍藤，反复吟唱“哀吾生之无乐兮，幽独处乎山中”。这十里长峡便被称作屈子峡。这一带还留下了离骚湾、仁里冲、三闾滩等与屈原有关的地名。

在溆浦县城南两公里处有个梁家坡村，南四公里处有个最早纪念屈原的招屈亭。唐代诗人汪遵游历溆浦，作《招屈亭》一诗：“三闾溺处杀怀王，感得荆人尽缟裳。招屈亭边两重恨，远天秋色暮苍苍。”明万历进士南阳副使兼布政司左参议邓少谷，曾作《招屈亭怀古》：“去国孤臣作远游，楚天今古一亭幽。儃徊正是销魂地，摇落堪悲何处秋。夜雨常悬湘水恨，寒云不断武关愁。謇予欲续离骚赋，岸芷汀兰惨未收。”遗憾的是这古亭屡修屡废，只能在文献中去抚思了。

现沿溆水防洪大堤及沿江景观带，新建有诸多纪念屈原的建筑，如怀屈楼、三闾大夫祠、橘颂阁、涉江楼、屈子亭、屈原广场等。

屈原永远地留在了湘楚大地。

闻过则喜百世师

知人其难九德贵，

闻过则喜百世师。

从小就听只念过三年书的母亲唱读《曾广贤文》，印象最深的几句就是“画虎画皮难画骨，知人知面不知心”，“逢人便说三分话，未可全抛一片心”等。与这副联说的意思相近：知人很难。人是非常复杂的个体，要全面准确认识一个人非常困难。而人具备德就是可贵的。

何谓德？从古人造字的字面看，甲骨文德字是一只眼睛在看木桩的影子运行。金文德字更形象，左侧两划表示行走的意思，右侧上部一竖叠加一点，表示星或太阳照在木桩上，右侧中部是一只眼睛在看，右下部是心。整个德字有深义，就是站在天文观象台中心点用眼睛观看七曜的运行。后来引申的意思是：直视“所行之路”的方向，遵循本性、本心，顺乎自然，便是德。本心初，本性善，本我无，便成德。其本意为顺应自然、社会和人类客观需要去做事。不违背自然规律去发展社会，提升自己。

道是在承载一切，德是在昭示道的一切。大道无言无形，看不见听不到摸不着，只有通过我们的思维意识去认识和感知；而德是道的具体实例，是道的体现，是我们能看到的心性，是我们通过感知后所进行的行为。所以如果没有德，我们就不能如此形象地了解道的理念。这是道与德的关系。

德之外化即为“礼”。在心为德，发之于心而表现为行为即为“礼”。礼严格规定了人的尊卑秩序和行为准则，将社会纳入上下统一、尊卑有序、长幼有序、轻重有别的社会关系。

现实生活中，德更多指向人的内心情感和信念，多指人的本性、品德。因此，古人有“九德”之说，皋陶曰：“宽而栗、柔而立、愿而恭、乱而敬、扰而毅、直而温、简而廉、刚而塞、强而义、彰厥有常，吉哉！”儒家思想倡导以温、良、恭、俭、让为修身五德，以仁、义、礼、智、信为社会公德。知人其难，难就难在识其德行。而要认识一个人，又要以九德之标准去评判。仁爱孝悌、精忠报国、勤俭诚信、见利思义、谦和尚礼等这些美德成为中华民族性格的一部分世代相传，在今天依然绚烂夺目。

另一方面，我们还要看到作为人，生活不易、成长不易，成为人才更为不易。因此要培养自己之“九德”，特别是培养“宽而栗”之德，常怀“恻隐仁者心”，对自己严格要求，对别人宽厚，以仁爱友善之心对人。严于律己，宽以待人。养成宽人、济人、帮人之德，这是最为宝贵的品质。

人的另一个重要品质，就是谦虚谨慎，要有自省精神。从曾参“每日三省吾身”起，这种自省精神，作为一种可贵的品质就成为后人师法的榜样。世人都好“报喜”，不愿“闻过”，闻过能喜之人，都是不一般的人。闻过则喜成为须反复教诲的行为，也说明闻过则喜之难做到。

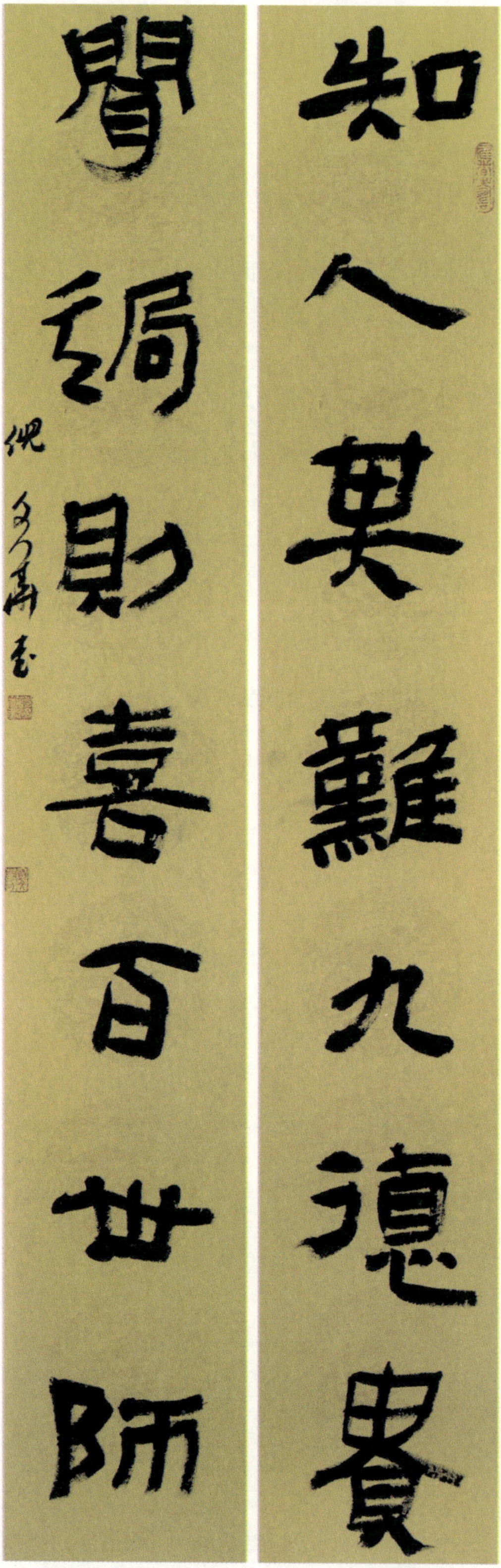

知人闻过联　138 cm × 36 cm × 2

四海纵横一书生

田园诗之祖陶渊明归隐后，写了一组咏怀诗《杂诗十二首》，慨叹人生之无常，感喟生命之短暂。其中很多句子成为名言，如“盛年不重来，一日难再晨”，“及时当勉励，岁月不待人”，“丈夫志四海，我愿不知老”，“古人惜寸阴，念此使人惧”，等等。而“丈夫志四海”一句是陶公一字不改直接拿用了曹植《赠白马王彪并序》诗中的句子“丈夫志四海，万里犹比邻”。这首选入了《文选》、具有建安风骨的诗和陶渊明的诗皆成为之后文人必读必学的诗歌典范。

陶后一千四百多年，晚清湘人杨度将《杂诗十二首》中的第四、五两首中的句子“丈夫志四海，古人惜寸阴”集为一联。

杨度是湘潭姜畲石塘村人，离我的老家杨嘉桥镇十来里路。杨度是近现代风云一时的政治人物，跌宕起伏的一生十分复杂，褒贬不一。

《书生意气》 138 cm × 67 cm

其自挽联：“帝道真如，如今都成过去事；医民救国，继起自有后来人。”上联对前期的人生进行了自我否定，下联有未来可期之雄心。然而就在他秘密加入中国共产党的第三年，正待开启新的历程之时，57岁的杨度却英年早逝，留下了一个晦而难彰的形象。

2019 年 5 月，为纪念“五四运动”一百年，广州收藏家陆秋连先生在广州博雅轩举办了名为“五四运动中之文人墨迹展”。在展馆见到杨度四尺隶书大字书写的这件集句联时，我驻足良久，细细观赏。此作无上款，无作书时间，署姓名穷款，只钤一枚“湘潭杨度”白文印。白宣重墨，宽博大气，厚重端庄，笔墨与联意恰如其分，极具汉隶雄阔威严的丈夫气。

我认为此联是他一生最好的注脚。杨度青年时期“学剑学书相杂伴”，承其师王闿运“帝王之学”，留心古代策士之术，欲图辅国之事，而成帝王之业。他两渡日本，奔波于四方，纵横捭阖于不同力量之间。其“志四海”之心从未曾泯灭。从意气风发、爱国救世的革命青年，变为鼓吹帝制的“祸首”，演进到追随孙中山，再改持革命救国论，并在晚年加入中国共产党，其“帝王之学”主导的个人功名权势之心让其背负骂名，而贯穿一生的救国抱负之心又最终成就其人生。他以湘潭一普通学子能在众多达官显贵间游刃有余，能在多股力量间纵横捭阖，支撑他的不只有师承有序的“帝王学说”，更因他深受古风浸染，深具书生襟抱、学子才质、学人风范，使其不同于一般的政治人物。“市井有谁知国士，江湖容汝作诗人。”杨度诗文并茂，才学过人，写过在风云变幻的二十世纪初，给许许多多青年起到鼓舞作用的《湖南少年歌》《黄河》等歌曲。他刻苦用功，惜时如金堪比古人。其仅存可见的1896年至1900年五年间的日记真实记录了他的学习生活。如1896年日记从正月初一起，春节里居家天天都是读书、写诗、临帖，对先贤抱“慨然有向往之心”。二月、三月里几乎天天都是抄读《春秋》《史记》《汉书》《说文》《初唐诗》等。二月初六日是夜大雪，还“灯下钞诗二首”。四月十六日从湘潭姜畲涟市登舟去衡州东洲书院，二十一日始至城外。途中五日于怒涛澎湃中亦手不释卷。十七日夜泊泥塘，风雨骤至，波浪大起，仍看八代诗，并作诗“惊飙退飞鸟，骤雨来川梁。远岸争舣附，帆楫荡纵横。旷望千里昏，风浪动我情。洪涛何足虑，但恨川路长……”。及至东洲书院，见师陈几后，即晤同门，夜谈《春秋》。

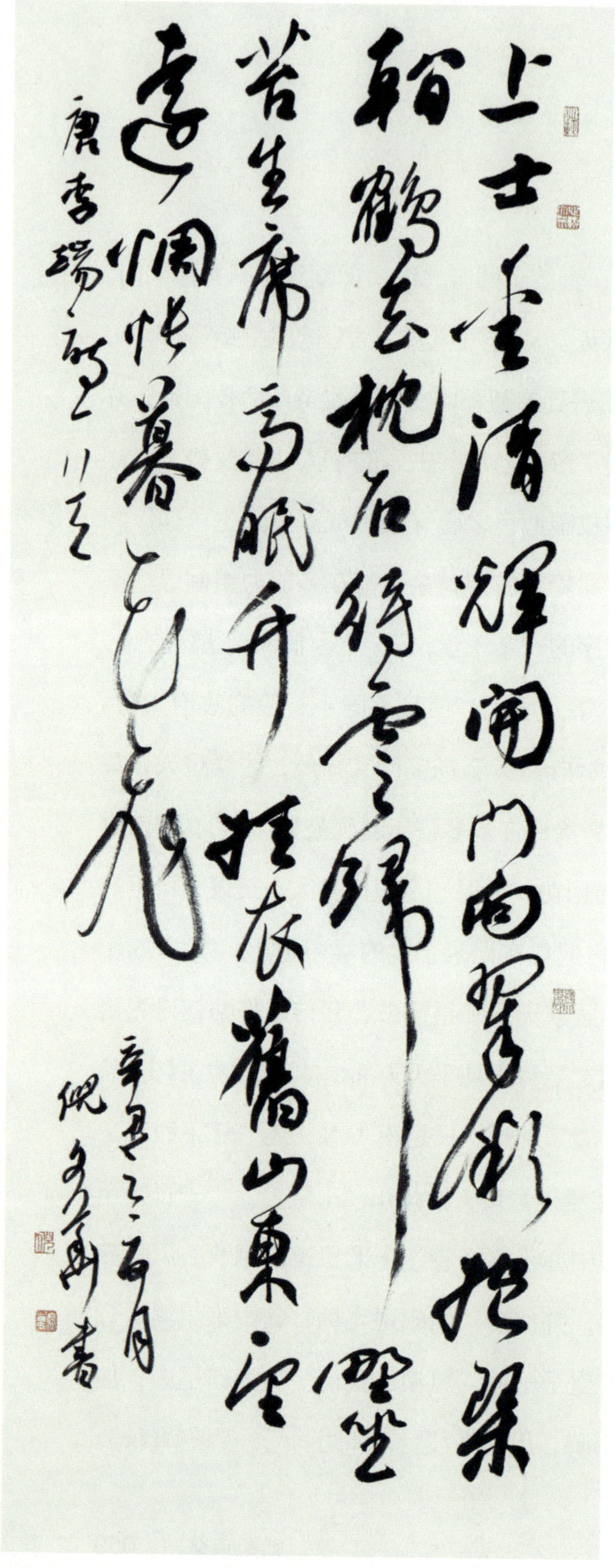

唐·李端诗　138 cm × 47 cm

书生之本色由此可见也。

他还有湖南人特有的至情至性至刚的热心侠义。这从他对待八指头陀的诗稿的处理中就可见一斑。

八指头陀是我的正宗老乡，湘潭杨嘉桥镇银湖村人。杨度与八指头陀只见过两次面，初次见面是因远游在外的八指头陀偶归乡里拜墓，相访始识之。第二次见面已是“湖海流离，十有余载”之后在北京忽遇之，游谈了半日。这次见面后的第二天傍晚，八指头陀在法源寺因气急攻心而圆寂。杨度遂收其平生诗文遗稿以归，并费尽周折，在八指头陀逝七年后始辑合而全刻之。杨度在其所写《八指头陀诗文集》序言中描述，1916 年帝制失败后遭通缉，他仓皇出逃京城之时，随身手箧里只储藏八指头陀的诗词遗稿，使其不灭。其为故人乡贤护稿之情状可圈可点。

杨度还书写过另外一联：“抱琴看鹤去，枕石待云归。”此联出自唐李端诗：“上士爱清辉，开门向翠微。抱琴看鹤去，枕石待云归。野坐苔生席，高眠竹挂衣。旧山东望远，惆怅暮花飞。”李端系河北赵州人，少居庐山。曾任秘书省校书朗、杭州司马等职。晚年辞官隐居湖南衡山。杨度生长于湘潭，早年在衡阳石鼓书院随王湘绮治学，长年生活在南岳峰下，于山水云雾有切身之体验，独拈出李端此句书联，可谓有心会之意。此联一派闲适悠然之态，非林泉高致之心难以体味。杨度志在四海，于帝制失败，张勋复辟幻灭，君宪救国方案破产，对自己主张绝望之时，亦有归隐林泉之想，并选择了遁隐空门，学佛论佛事佛数年。但纵观杨度一生又未必践行了此中真意。其两赴日本，误读日本君主立宪制，独持己见，一意君宪，徒留骂名笑谈，是其悲也。然其一生奔走国事，见危致命，知错敢改，诗书相伴，却是典型的君子之风。

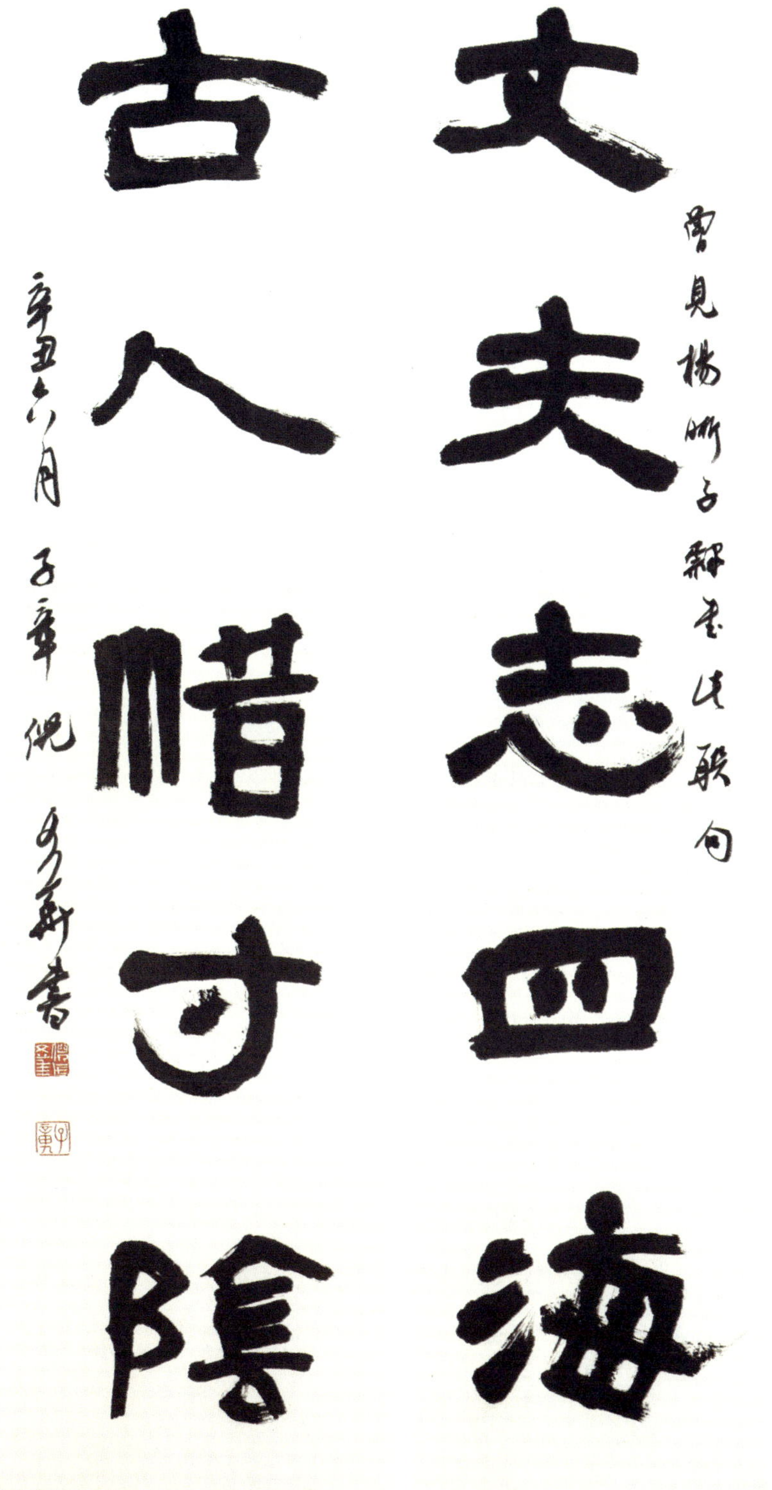

集古诗句联　138 cm × 67 cm × 2

梦回大唐

远赴千年前的盛唐，领略的是争奇斗艳的文苑芳华，繁星满眼的灿烂。既有李白之浪漫奔放，更有杜甫之沉郁悲悯；既有吴画之行云流水，亦有颜书之雄阔伟岸；既有王勃诗赋的辞彩飞扬，更有韩愈文章的融汇古今、宏阔曲致。繁花照眼的唐代诗歌，芳香弥漫至今；美轮美奂的书法，水影波光醉迷千秋；落笔惊鬼神，画成泣天地的绘画，开启中国画写意之先河。盛唐的文艺是中国艺术史上最华丽、最奔放、最激昂的交响乐章。

而谱写这时代交响乐章的主角则是李白、杜甫、李商隐、孟浩然等人的诗篇，欧阳询、褚遂良、张旭、怀素、孙过庭、颜真卿、柳公权的书法，还有韩愈、柳宗元的锦绣文章。他们织就的华丽锦缎为中华文化增添了无比绮丽的景光。

“杜诗韩文，吴画颜书”八字联语就是用素描的手法为大唐镶嵌的四颗最耀眼的宝石，无须修饰而熠熠生辉。

苏东坡为史全叔收藏的吴道子画作写下题跋，说：“故诗至于杜子美，文至于韩退之，书至于颜鲁公，画至于吴道子，而古今之变，天下之能事毕矣。”苏东坡这等大材如此推崇四人，可见四位是唐代最有代表性的文学家、艺术家。尽管各自的领域不同，所处的时代有异，但他们之间却有诸多相似之处。杜甫、吴道子、颜真卿三人都经历了唐朝最为动荡的时期，“船山半亩池，一泓贮香雪”，饱受了安史之乱的惨痛。韩愈在安史之乱后出生，他与杜甫、吴道子都是河南人，也因为韩愈，杜甫才得以名显。

杜子美在世时，其诗并不彰显于时。曾有“百年歌自苦，未见有知音”之叹息。虽然杜甫33岁时就与李白在东都相知相识，同游狂歌，并前前后后写了十多首诗或赞美或怀想李白，但李白只写了二首诗给杜甫，对其诗没有作任何评论。当时刚从翰林苑出来已名震天下的李白，或许还没瞧得上比自己小十几岁又默默无闻的杜甫吧。但杜甫最终以一个八品小官而成为“诗圣”，这在学而仕则优以功名为价值目标的时代，就是个奇迹。其57岁短暂的人生，为我们奉献了一部唐代史诗，用他一生的颠沛流离，描绘了唐代的历史画卷。杜甫同时代真正的知音只有好友元稹了，他在为杜甫撰写的墓志铭中云：“至于子美，盖所谓上薄《风》《雅》，下该沈宋，言夺苏李，气吞曹刘，掩颜谢之孤高，杂徐庚之流丽，尽得古今之体势，而兼人人之所独专矣。”他认为其诗高过李白，“则诗人以来，未有如子美者”，“词气豪迈而风调清深，属对律切而脱弃凡近，则李尚不能历其藩翰，况堂奥乎”。但元稹毕竟人微言轻，当时并没有多少附和者。比杜甫晚 57 年出生的河南老乡韩愈，担任过吏部侍郎，又以“文章巨公”“百代文宗”擎古文运动之旗帜，成为杜诗显赫一时的推手。韩愈誉杜诗言：“屈子诗人，工部全美，笔追清风，心夺造化，天光晴射洞庭秋，寒玉万顷清光流。”又独推“李杜文章在，光焰万丈长”。他将杜甫与李白相提并论，一举确定了杜诗的地位。韩愈倡导的古文运动影响了宋朝的文学面貌，同时，韩愈对杜甫诗的推崇同样波经晚唐而浪涌到宋。有小杜之称的晚唐诗人杜牧把韩愈与杜甫并列，称为“杜诗韩笔”。到南宋时，杜甫终于获得我们今日所誉称的“诗史”之号，南宋诗人杨万里在《江西宗派诗序》中对杜甫又不吝点赞为“诗圣”之尊。

诗人和学者闻一多先生说过，杜诗是中国“四千年文化最庄严、最瑰丽、最永久的一道光彩”。这道光彩是中华诗国天空永不消逝的彩虹。

公元 755 年十月，44 岁的杜甫刚当任右卫率府胄曹参军，看守军队的仓库。十一月，安禄山就在范阳起兵反了。随后几年诗人都在乱世中奔忙，官职也一直在八品没有提高。而此时，47 岁的颜真卿正率领义军在平原郡战乱一线抵抗安禄山的叛军。杜甫用他的《三吏》《三别》等诗歌记录下了亲眼所见的战乱民艰。而颜真卿用他的笔墨和泪挥写的《祭侄稿》《祭伯父稿》不但生动形象描述了亲人的悲壮，也完成了自己人格的塑造，奠定了其在中国书坛可与王羲之媲美的隆崇地位。他的墨稿和杜甫的诗同样流传千古，彪炳千秋。而比杜甫稍早的画家吴道子，这个曾随唐玄宗游临江南，三日画尽嘉陵江三百里景色的天才画家，最后几年也是在安史之乱中度过，留下了不知所踪的谜团，让后人猜不着。

这四人当中，还有一个现象，杜甫、颜真卿、吴道子、韩愈都有着同样的少年命运。杜甫两岁不到母逝，父亲忙于做官，于是他寄居在洛阳姑母家，由姑母抚养长大。韩愈两岁丧父，11 岁丧兄，靠兄嫂抚养长大。颜真卿 3 岁丧父，寄寓舅家，7 岁舅逝，由母亲带大。吴道子亦是少即孤穷。他们皆是从小受苦，在艰苦环境下成长，都有一颗敏感的心和丰富的情感世界。

但此四人各具心性。唐代士子漫游成风，当然大都是以游来提升自我，进而求取功名。但杜甫却是真心爱游历。由于父亲做官，青少年时期的杜甫过着衣食无忧的小康生活，14 岁就开始了“裘马清狂”的任侠游历。24 岁那年举进士不第后，他毫不在意，没有像韩愈那样，一而再再而三地赶考，而是一考不中后，就绝意科考，打点行装泛游天下去了。杜甫直到 29 岁才回老家成亲，在家过了三年幸福的生活后，他才去洛阳求仕。他在东都洛阳遇见了仰慕已久的诗仙太白，就随李白从洛阳出发漫游了开封、山西王屋山、河南商丘、山东单县，最后在济南分手。这一年多的漫游，虽为求仕，而其诗人的意识却也在不断增强。两年后，他又与李白相遇，同往兖州寻访道人隐士，并写下了著名的《赠李白》诗："秋来相顾尚飘蓬，未就丹砂愧葛洪。痛饮狂歌空度日，飞扬跋扈为谁雄？"两人在鲁郡东门揖别之后，天各一方，再未相见。就如李白赠别诗所言："飞蓬各自远，且尽手中杯。"之后，杜甫才真正开启了长安十年的求仕之旅，这也是他幸福感渐失，苦难生活的开始。杜甫37岁时参加了第二次科考，运气不好，碰上了历史上最奇葩最荒唐的一次科考，一个未录。在李林甫"野无遗贤"的阴谋里，杜甫没有机会。卧床百天病榻上的杜甫，终于顾影自怜写出了"朝叩富儿门，暮随肥马尘。残杯与冷炙，处处潜酸辛"的诗句。人到中年的辛酸，几多无奈几多沉重。"沉郁"之词是用生命的体验来开启的。生活的悲辛，仕途的险恶，人情的冷暖，让敏感的诗人在心里堆积了多少忧郁、忧思、忧愤之情。那顿挫沉郁的诗稿彰显了诗人的生命热能。44岁时，通过诗文自荐，杜甫当上了兵曹参军，一个保管军用仓库钥匙的从八品官。而当他兴高采烈回家时，他最小的儿子却刚刚饿死。安史之乱打破了杜甫在长安凄冷但安逸的生活，他开始了举家逃难。这一年他写诗十多首，一半是名篇，如《哀江关》《悲陈陶》《月夜》《春望》《姜村三首》等。在流落夔州的两年里，他写了四百多首诗，越艰难越诗意。最后的两年，杜甫飘荡在潇湘的山水间。在杜甫57年的生

杜诗韩文　吴画颜书　138 cm × 67 cm × 2

命历程里，除了成都草堂六年的安逸外，他一生有30多年在外游荡，最后病死在湘江的小船上。郭沫若题杜甫联："世上疮痍，民间疾苦；诗中圣哲，笔底波澜。"

而韩愈，风流成性，爱美妾。十年中，七次科考，六次不中，皆因其固执于反对骈文而以古文作考，逆时流而倡古文复兴。同他的科考一样，因疾恶如仇的品性和耿直的性格，他的仕途也坎坷多艰，屡遭贬谪流放。其成就在文，每次遭贬也是文章惹的祸。35岁任监察御史时，韩愈上书《论天旱人饥状》，得罪京尹李实，被贬为连州阳山县令；42岁任员外时，揭露藩镇养兵图谋阴谋，被贬河南县令；47岁时，被降为太子右庶子。51岁时，他不仅不收敛锋芒，反而愈挫愈勇，竟直接撰《论佛骨表》上书皇帝，措辞激烈地劝谏皇帝停止供奉佛骨的做法。这一次他先被判死刑，后又在众臣力保下才改贬为潮州刺史。在他生命的最后六年，他完成了近千篇诗文。他一生坚守，终成一代文豪，百代文宗。

颜真卿是一位忠肝义胆之人，好翰墨。他生在京城，出身官宦之家，父、伯、舅皆官员。颜真卿26岁就进士及第，曾做到尚书之位，但也屡遭贬谪，排挤被贬达9次之多。75岁时，颜真卿不顾众人劝阻，执意赴叛军李希烈处宣抚，随即被囚禁，77岁时惨遭缢杀。虽然"书圣"的位置被王羲之所占，但颜真卿在中国书法史上的影响并不亚于王。就像李白与杜甫的诗名之争，《祭侄稿》与《兰亭序》之间也有孰高孰低之争。

能集之于一联的人物都不简单。

此联中的吴画，即是与杜甫同时代的著名画家吴道子。吴道子是一个人物、山水、花鸟、杂画全能型画家。他曾任兖州瑕后（今山东滋阳）县尉，但任职后不久，就因喜好画画而辞职。后来，他流落京都，又被明皇召入禁中授以“内教博士”，当了皇帝的宫廷画师。杜甫赴京求职期间曾作长诗对其绘画加以赞颂，其中有“画手看前辈，吴生远胜扬，森罗移地轴，妙绝动宫墙。五圣联龙兖，千官列雁行，冕旒俱秀发，旆旗尽飞扬”之句。其平生画壁三百余间。到晚唐时，朱景玄、张彦远等人把吴道子推崇为至高无上的大画家，并尊之为“画圣”。朱景玄在其《唐朝名画录》中把吴道子列在独一无二的“神品上”一格。著名书论家张彦远则说：“国朝吴道玄，古今独步，前不见顾、陆，后无来者，吴宜为画圣。”苏东坡说：“画至于吴道子，古今之变，天下之能事毕矣。”元代夏文彦说：“笔法超妙为百代画圣。”在工匠行中，也一直把吴道子当祖师来供奉。能得到官方和民间的认可，可见吴道子在中国画坛上的崇高地位和影响之大。

其生卒年代不详，但主要创作年代在玄宗开元年间（713—751年）。他自幼孤贫，先从张旭、贺知章学书法，后从画工学艺，未及弱冠而穷丹青之妙。

在众多的道观寺院的粉墙上记有其与将军斐旻事。旻厚以金帛召道子施绘事，道子封还金帛而请将军舞剑一曲，说“观其壮气，可助挥毫”。旻将军脱缞服，为道子舞剑。而道子奋笔挥毫图壁，俄顷而成，飒然风起为天下之壮观。这种创作时的激情，应是其师张旭的真传了。

02

two

屐痕处处

先生之风

漫步绍兴，在鲁迅故居东侧，有一条南北向的巷子，名为里仁巷。巷子出口牌楼刻有一联：翠竹虚心有节，君子朴实无华。

竹是君子的象征，与松、梅同为岁寒三友，是文人画家吟咏挥墨的重要题材。竹有诸多品格被人称颂。有人总其为十德，即身形挺直，宁折不弯，曰正直；有节不止步，曰奋进；外直中通，襟怀若谷，曰虚怀；有花深埋，素面朝天，曰质朴；一生一花，死亦无悔，曰布奉献；玉竹临风，顶天立地，曰卓尔；群拥众簇，不同松孤，曰善群；质地犹石，曰性坚；化作符节，苏武秉持，曰操守；载文传讯，任劳任怨，曰担当。十德归，超凡脱俗。

中国竹文化源远流长，博大精深。上下五千年，衣食住行，处处竹相随，如竹具、竹器、竹简、竹笔、竹筷、竹筏、竹椅，等等。难

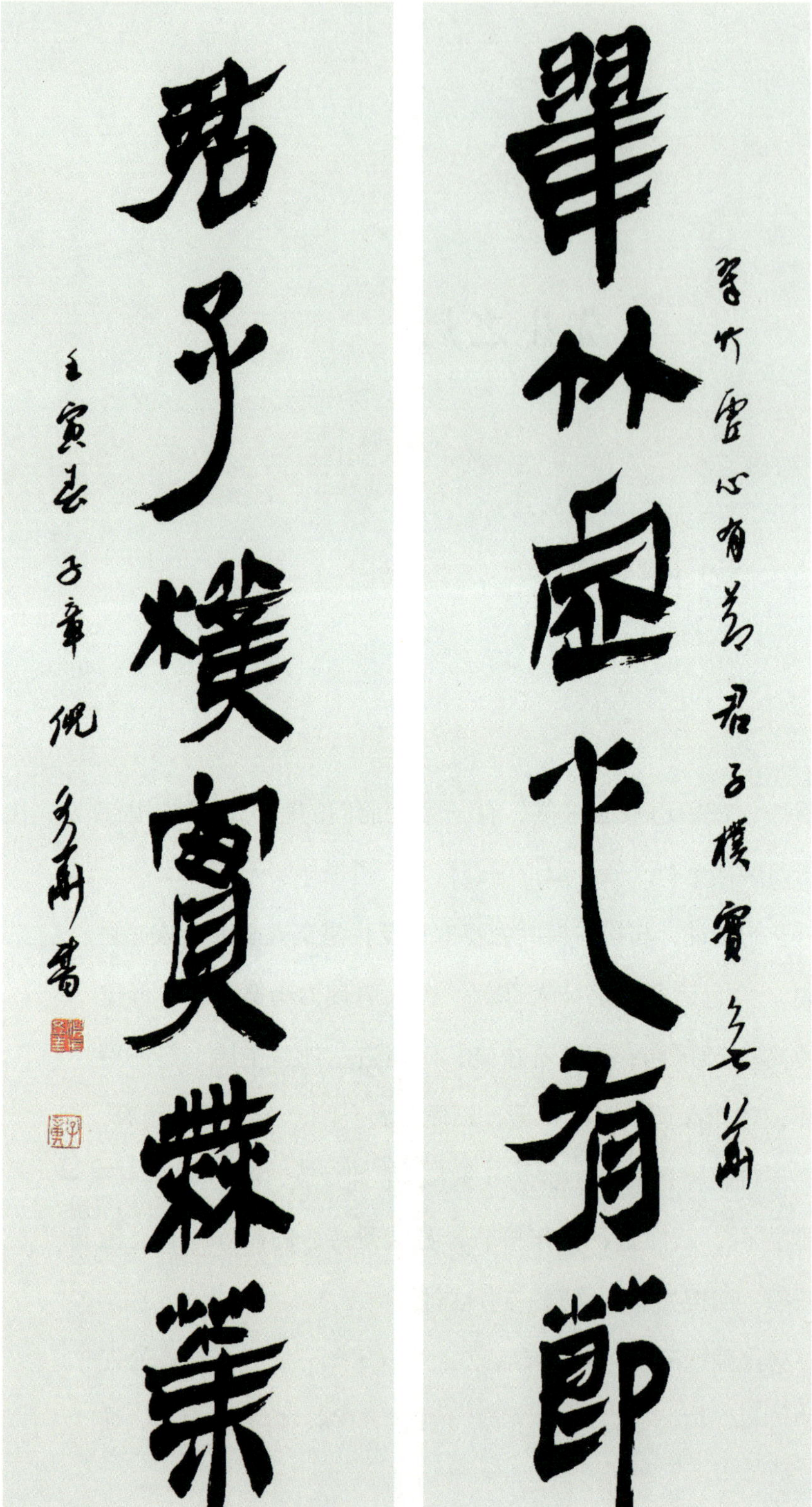

翠竹君子联　138 cm × 36 cm × 2

怪苏东坡要慨叹“食者竹笋，庇者竹瓦，载者竹筏，炊者竹薪，衣者竹衣，书者竹纸，履者竹鞋。真可谓不可一日无此君也”。自古咏竹的文章甚多，如《诗经》中的“瞻彼淇奥，绿竹猗猗”，屈原的“吾处幽篁兮终不见天”，江淹的“宁知霜雪后，独见松竹心”，苏东坡的“可使食无肉，不可居无竹。无肉令人瘦，无竹令人俗”，黄庭坚的“酒浇胸次不能平，吐出苍竹岁峥嵘”，等等。而扬州八怪之一的郑板桥更是赋予了竹新的内涵。“虚心竹有低头叶，傲骨梅无仰面花。”“咬定青山不放松，立根原在破岩中。千磨万击还坚劲，任尔东西南北风。”（《竹石》）“衙斋卧听萧萧竹，疑是民间疾苦声。些小吾曹州县吏，一枝一叶总关情。”（《墨竹图题诗》）从这些诗句中都可以看出其对竹的高度认可。

里仁巷联上句从竹众多品质中拈出“虚心”“有节”这两个区别于其他植物的特性，下联“君子朴实无华”，道出了君子的“品德”。二者品性相通。君子是具有一定修养、完善人格的人。君子观念的形成，其源在《诗经》《周易》，而完备的观念建构是从《论语》始。《论语》对君子为学、做人、处事、行政等各个方面进行了系统的阐述。（《论语·雍也篇·第六》）子曰：“子胜文则野，文胜质则史。文质彬彬，然后君子。”质者朴也，求朴实去浮华，君子之本质也。

鲁迅在里仁巷长至十八岁。他写下的《从百草园到三味书屋》《故乡》等作品就记录了他在这里少年时的生活。鲁迅是文学家、思想家，民

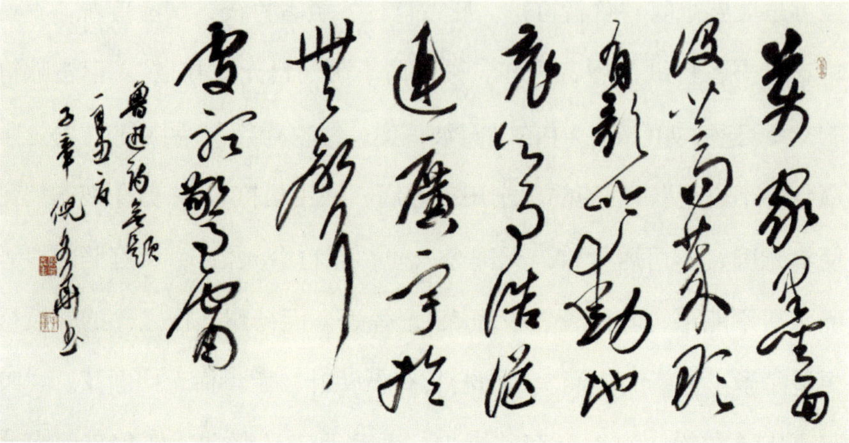

鲁迅诗《无题》 138 cm × 67 cm

主战士，是中国现代文学的奠基人。他在文学创作、文学批评、思想研究、文学史研究、翻译、美术理论引进、基础科学介绍、古籍校勘与研究等多个领域具有重大贡献。他一生赢得了无数的赞誉，有诸多粉丝。但他自许只是“农夫耕田，泥匠打墙”的平凡人，其精神本质上的平民性，不正是“朴实无华”的最好注脚吗？

翠竹君子的风格是鲁迅一生的写照，此联刻于里仁巷，恰到好处。

光风霁月大宗师

2005 年，郴州市政府修建爱莲湖公园，面向全国征集了一批以周敦颐为主题的楹联作品，并邀请一批书法家书写，刊刻于爱莲湖公园。我书写了两件楹联作品，其中之一是“讴莲花之高洁，绣口锦心千秋绝唱；阐理学之精微，真知灼见一代宗师”。上联称颂其最有名散文《爱莲说》为千秋绝唱，下联誉其理学之地位乃一代宗师。《爱莲说》一百一十九字，《太极图说》两百多字，《通书》不足三千字，皆言语不多，而意深旨远。

新建的爱莲湖公园伴郴江，枕青山，由一湖、一岛、一院、一戏台、一带和两广场、两牌坊、两雕像、四桥等景观构成。仿古式建筑濂溪书院，包括头门、大堂、照壁、厢房、庭院、爱莲池、爱莲桥、爱莲堂、君子亭等，构筑成典型的古式书院模样。最壮观的是清风桥，此桥是跨度极大的单拱桥，全部用纯青石砌建而成，仿的是我的家乡宜章玉溪河上的寡婆桥建筑样式，是典型的湖南石拱桥风格。

爱莲坊为六柱五门三层结构，是全国体量最大的纯青石牌坊。它借用湘南古牌坊的风格，运用高浮雕、镂空雕等多种手法，雕刻砌工十分精湛。我书写的这幅联句就刊于此牌坊中门柱子上。

周敦颐是湖南道州人，并非郴州人。周子逝世千年后，郴州修建如此规模的爱莲湖公园，是因为他曾三次为官郴县。此地的人们一直认为周子的《爱莲说》是在郴州写的。周子官郴县令是宋仁宗庆历六年（1046 年）。1050 年，又任桂阳县令，也就是现在的汝城县。这一年他收程氏兄弟为弟子。宋神宗熙宁元年（1068 年），周敦颐升任郴州知军。1702 年周敦颐在广东提点刑狱任上因病辞官，归隐庐山之下，次年去世。在郴州境内先后为官约八年之久，算是工作比较久的地方了。

书写此联时我还在湘南一个偏远的小县任职，之前对周濂溪的理学思想并不了解。因为此联，我开始接触这位宗师人物。

2019 年秋，我自驾车赴九江，在莲花峰下参访了周敦颐陵园。默立在周夫子墓前，我思索良久。一个未参加过科考，靠恩荫出仕的普通学子，却用几千字就开启了一个理学时代，历千年而不衰，这是怎么做到的呢？循源而上，进入历史的时空，我慢慢走进了他的过往。

道州位于潇水中游，有“襟带两广、屏蔽三湘”之誉。离县城十里，有个清塘镇楼田村。这里四围青山环绕，左为龙山盘踞，右有豸岭蜿蜒，后耸道山翠屏，前铺河塘阡陌。潇水支流濂溪就从村子当中流过。我曾两次造访此村，安坐于村，环首四顾，目光所及，皆如图画。远处山岗之间，云缠雾绕，氤氲蒸蔚；近处村落古朴，修竹幽林，青翠茂密。濂溪清澈，波光旖旎。五月初五日，在盛产莲花、有着芙蓉国美称的湖南，正是莲花盛开的时节。宋真宗天禧元年（1017 年），周子就在这风送荷香的日子呱呱坠地于濂溪之畔的楼田村。他的父亲周辅成是进士出身，官至贺州桂岭县令；舅父郑向是北宋初年著名史学家，官至龙图阁直学士。周子可谓是典型的官宦之家了。他在这里与青山相对，与白鹭为友，与鱼虾相嬉，入月岩悟道，随父母读书，度过了十五年最美好的青少年时光。这里是周子滋长梦想的地方。

1025 年，周敦颐 8 岁时，周父谏议公卒。因此他跟随母亲从道州奔赴衡阳，投奔舅舅郑向。郑向的祖宅就在衡州凤凰山下的西湖边上。周敦颐聪慧仁孝，深得舅舅的欢心。舅甥俩都喜欢白莲，于是他们就在湖边构亭植莲。周敦颐在舅舅家一住几年，同时在湘江边的石鼓书院负笈读书。闲暇时舅甥二人，漫步湖堤，流连湖景，赏不蔓荷枝，听摇珠荷叶，闻清香莲花。周敦颐在此参经悟道，观莲修身。清澈西湖水，清香白莲花，莲之魂就这样深入到周子的心灵深处，浸润着他的韶华与生命。

1036 年，郑向得到一次封荫子侄的机会，于是他便将这个机会给

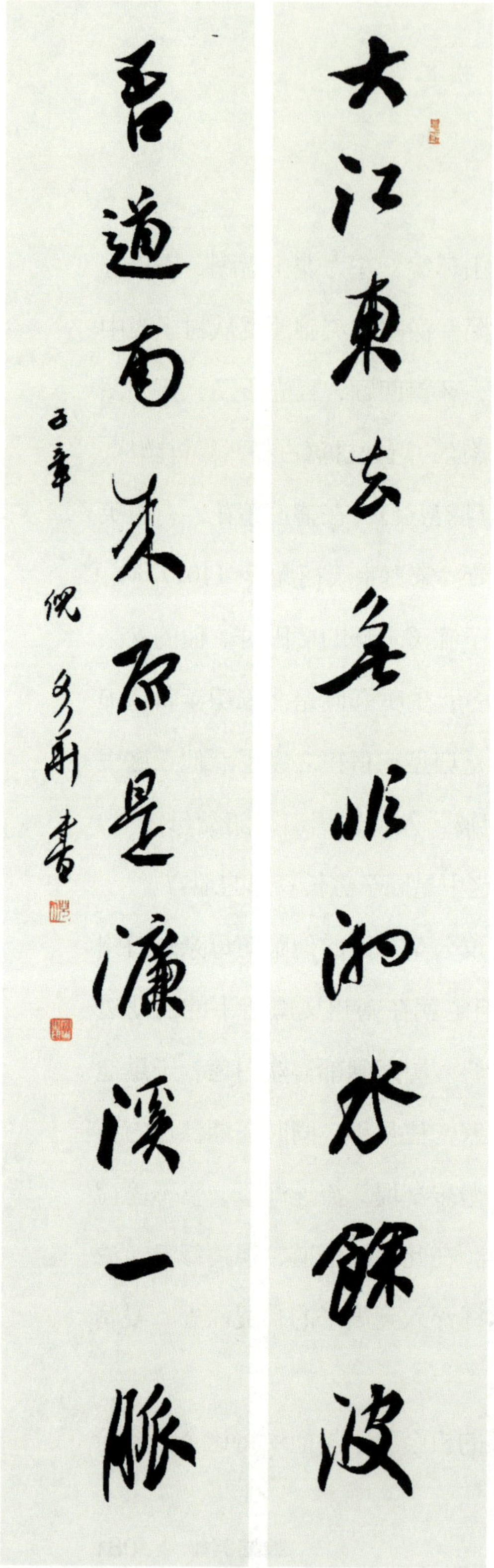
大江東去無非湘水餘波
吾道南來原是濂溪一脈

大江吾道联　180 cm × 30 cm × 2

了周敦颐。此后不到一年时间，舅舅逝于两浙转运使任上，同年母亲也过世了。至 1040 年，孝满三年，24 岁的周子由吏部指派任洪州分宁县主簿。庆历四年（1044 年），周敦颐又任南安军司理参军。1046 年，30 岁的周子改任郴县县令。皇祐二年（1050 年），又改任桂阳（今郴州汝城）县令。他在郴州任职期间，关心民间疾苦，兴办学校，力办农桑，亲辟莲池，自种莲花。他一生酷爱绝俗高洁的莲花，无论到哪为官任职，都会在府第周围挖池种莲。《汝城县志—建置志》记载："爱莲池，系周濂溪为邑令时所凿。选址在典史署北，县堂之东。池上构阁与堂"。

1061 年，44 岁的周敦颐以国子监博士通判虔州（即现在的江西赣州）。嘉祐八年（1063 年）正月初七，周子"行县至雩都"，主持新老县令交接。旧县令钱拓卸任，接替他的是沈希颜。交接完成后，周子就邀请二人同游罗田岩。罗田岩又名善山，在于都县南五里，两旁岩岫空洞相通，其形如虎，流觞曲渠，峭壁悬崖，景致十分幽雅。周子游兴颇高，题名并赋诗。其诗云："闻有山岩即云寻，亦跻云外入松阴。虽然未是洞中境，且异人间名利心。"新上任的县令沈希颜很快就将周敦颐的题名和题诗刊刻石上。原本并不出名的罗田岩因周公的一游而名动天下。

嘉祐八年五月，周子与四明沈希颜、太原王抟、江东钱拓等一群文朋诗友吟诗唱和，相约写诗作文。此时，47 岁的他已在宦海沉浮二十多年，先后历职江西分宁（修水）、宜春、郴县、桂阳、南昌、重庆合州、虔州等地。回首往事，感悟人生，周敦颐自喻莲花，一气呵成，挥笔写下了千古名篇《爱莲说》。这篇千古奇文由沈希颜书，王抟篆额，钱拓上石，刊刻于雩都罗田岩崖上。嘉熙庚子年（1240年），雩都县令周颂于善山顶修建濂溪阁，又将《爱莲说》刊刻于濂溪阁。遗憾的是罗田岩崖风化严重，题刻早已湮没不见，因此只能在宋本《元公周先生濂溪集》里去揣度了。这短短的一百一十九字，用文学的形式将君子风范形象化，莲花君子人格也成为中国文化的一个特别符号。

熙宁六年（1073 年）六月七日，也是一个荷花绽放、莲花飘香的时节，五十七岁的周子在九江莲花峰下的濂溪书堂病逝。黄庭坚为其作传，称其“人品甚高，胸怀洒落，如光风霁月”。

周子为官多为州县地方官，做过郴县县令、桂阳县令、永州通判、邵州知州等。他做官首重办学，极力传播儒学。他初入仕途时就在衡阳旧宅修建学院，任郴县县令后，“首修学校以教人”，作有《修学记》，任邵州知州时迁建州学作《邵州迁学释纂文》等。任郴县令时，周敦颐收了好友程珦的两个儿子程颢、程颐为学生。任桂阳县令期间，二程陪伴周子游至朱家湾，程颢写下《春日偶成》诗，成为千家诗卷首佳作。诗为：“云淡风轻近午天，傍花随柳过前川。时人不识予心乐，将谓偷闲学少年。”周子著述的《太极通图》生前并未发表，只是传授给了二程。二程后来在嵩阳书院、东林书院、洛阳讲学，程颐还创办伊泉书院，问道求学者不计其数，为理学的传播起到了重要的作用。

湖湘学派创始人胡氏父子为濂溪理学的传播做出了重要贡献。胡安国、胡寅、胡宁、胡宏父子实为福建崇安人，北宋亡时，因避靖康之乱举家避难湖南。胡安国虽不是二程的嫡传弟子，却与程门诸多弟子过从甚密，关系在师友之间。胡安国来湘后十分关注濂溪先生事迹，并于南岳紫云峰下买地筑室，创办文定书院、碧泉书堂，潜心治学育人，创立了湖湘学派。胡宏是胡安国少子，从小随父学习儒学，后来又师承二程弟子杨时和侯仲良，接受理学思想。他一生矢志于道，以振兴道学为己任，隐居湖南后“悠游南岳衡山 20 余年”，著有《知言》《皇王大纪》《五峰集》等，编定《周子通书》并为之作序，成为南宋初期振兴理学的关键人物和湖湘学派理论体系的奠基人。

胡安国的另外两个弟子向子忞、胡铨也积极传播周敦颐的理学思想。向子忞从学胡安国，后来担任道州太守，并于南宋绍兴二十九年（1159 年），兴建了道州濂溪祠。他邀请胡铨撰《道州濂溪祠记》，开创了湖湘也是全国建祠祭祀濂溪之始。胡宏的弟子张栻也身体力行，他在周子宦游及工作地支持修建濂溪祠堂，同时还刊刻周子著作。朱熹是濂溪理学体系的最后集大成者。乾道七年（1171 年），朱熹在建阳城西创建寒泉精舍（云谷书院），前后聚徒讲学八年。他在精舍对周敦颐著作进行深入研究，撰写了《太极图解》《通书解》，又与吕祖谦合编《近思录》，重新修订了濂溪遗书，对濂溪理学作了全面深入的诠释。1262年，宋理宗御书“道州濂溪书院”，濂溪理学的道学地位完全得以确立，成为其后封建社会的主导文化思想。

题元公坊联句　248 cm × 36 cm × 2

柳荫尽处是左家

左宗棠是清同治中兴时期的传奇人物，是布衣草根逆袭成功的典范。“身无分文，心忧天下”不是一句空话，而是左宗棠早年生活的真实写照，也应了“天将降大任于是人也，必先苦其心志，劳其筋骨”之语。

左宗棠 40 岁以前都在湖南过着求学、塾师和务农的生活，自称“今亮”。他出生在塾私之家，祖父、父亲皆以办塾为业，可谓书香门第。左宗棠 4 岁开始由其祖父发蒙识字、练字、联对，年幼的他以记性好、对对子敏捷而称誉乡里。四五岁时的一个元宵之夜，做私塾的爷爷出上联“点万盏明灯，为乾坤增色”，小宗棠对“擂三通战鼓，替天地扬威”。5 岁时，其父长沙办湘山书舍，宗棠旁听。父亲给学生布置作业出上联“锦绣山河，纵横九万里”，左宗棠立对“炎黄世胄，上下五千年”。皆气魄宏大，格局不凡，可谓天纵之才。然而不幸的是，12岁之后，几年之间，左宗棠父母、兄姐竟相继去世。人世之惨，莫过如此。曾在诗中悲痛地写道：“一家尽死丧，君我先人遗。”家中只剩下他和二哥，生活无依。他在城南书院读书时，也是靠书院的“膏火资”奖励渡过了生活难关。即便在生活如此残酷，厄运不断之时，左宗棠也没有妄自菲薄，没有意志消沉，反而是越发用功读书。其师贺熙龄评其“开口能谈天下事，读书深得古人心”。23岁时，衣食无着的左宗棠屈己入赘湘潭周家。之后，他三次赴京赶考，却三次落榜，轮番打击之下便绝意仕进。他还自撰了“身无分文，心忧天下；读书万卷，神交古人”这副联自励。同治五年（1866年）三月，左宗棠在福州寓所为儿女写家训时，又重写了这副联语，可见其初心未泯。

左宗棠少年得名，乃是妙对高手，其用典写时的本事从另外一联可窥管豹。他25岁时，由时任湖南巡抚的吴荣光推荐出任渌江书院山长。不久，任两江总督的陶澍回乡省亲，路过醴陵。在陶澍抵达前一天，县丞请左宗棠撰书驿馆联以迎陶公。左宗棠并未推辞，应允之后一挥而就：

春殿语从容，廿载家山，印心石在；

大江流日夜，八州子弟，翘首公归。

上联用简洁之语，讲了与陶澍有关的生平故事。写出了陶澍觐见道光帝，向道光帝讲述家乡江流中屹立之印心石，皇帝为其题“印心石屋”等荣光之事。下联用典，说的是其前辈陶侃，惜时以爱国闻名，曾任荆、交八州都督，是陶澍极力效法的前辈。此联甚得陶澍喜爱。于是 61 岁的陶澍主动约见仅有 26 岁任渌江书院山长的左宗棠。他们在渌水之滨作竟夕夜谈，留下忘年之交的佳话。

左宗棠在 40 岁以后从布衣而成能臣，“身无分文，心忧天下”之大志是其根本，“读书万卷”有真本事是其基础，“神交古人”、效仿古人，结交天下英才是其关键。他与曾国藩、胡林翼交往甚密，师从贺长龄与贺熙龄兄弟，又得到湖南巡抚吴荣光的厚爱，与两江总督陶澍结为儿女亲家，深得林则徐器重。他们都先后向朝廷举荐过左宗棠。因此，在国家艰危、急需可用人才之时，左宗棠出山也就顺理成章了。

左宗棠 40 岁出山，参与了与太平军、捻军和回军的军事斗争，时间长达 25 年。65 岁又率军赴疆平乱，皓首出塞，收复伊犁。74 岁在抗法时，于福州钦差行辕任上去逝。

2018 年端午假日，我携家人造访了左宗棠故居柳庄。柳庄是左宗棠在陶家任西宾之后，筹措银子新建的家园。入赘湘潭周家 10 年后，他终于建成了属于自己的家。33 岁时，他举家搬进了柳庄，并在这里

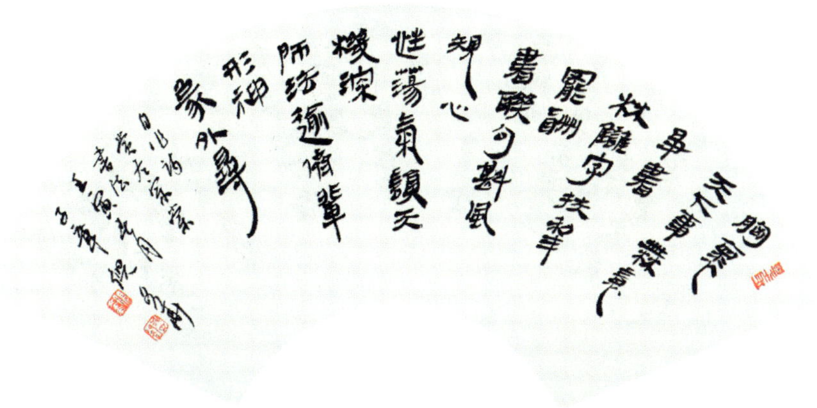

扇面　自作诗

生活了近 10 年。当年就是从这里，他策马急驰，于湘江之滨登大官船面见林则徐，一夕夜话，得赠治疆文书资料，最后取得了入疆平乱收复失地的丰功伟绩。

睹物思人，以诗记之。曰：

柳庄湘上布衣家，寄卧耕读慨世觞。
春殿联语谈幸事，湘江夜话荐国贤。
中兴治乱刀光里，晚岁平疆铁戟间。
半世书生天下志，柳荫尽处是家乡。

扇面　自作诗

左宗棠不仅治军理政做得好，诗文写得好，同时书法在当时诸中兴名臣当中，也是佼佼者。曾国藩书法体态促迫板刻，笔法单调僵硬，多馆阁遗意，不足以称大家。我曾于省图书馆近观左宗棠致曾国藩手扎，以颜体行书笔法为之，体态硕大，棱角分明，顿挫有致，不拘细节，深得颜书真味，尤具大人气度，其人性情格局之大可见一斑。其大字对联书法，笔法圆厚温润，劲逸潇洒，既具颜书之雍容，又有柳书之骨鲠，既有大人格局，又具才子气息，在其同辈人中，可谓翘楚。其事功、德业、文章、书法皆有所大成，可谓完人。在观赏了左公大量书法作品后，有诗记之：

胸怀天下事，无意立书林。
雠字扶梨罢，酬书联句斟。
风规心性荡，气韵墨痕深。
师法逾侪辈，神形象外寻。

左宗棠联句　180 cm × 36 cm × 2

把酒对湖山

江西石钟山傲然屹立于长江之岸、鄱阳湖之滨，南望匡庐，北枕长江，看长江滔滔，观鄱湖浩渺，雄奇秀丽，宛如蓬莱。石钟山三面临水，危崖高耸。山体外形上尖下圆，孤峰矗立江畔，宛如洪钟覆地。山下多穹形溶洞和山隙，水石相搏，风兴浪作，声如洪钟，广布四方。其既有钟之形，又有钟之声，形声兼备，名实相符。

宋神宗元丰七年（1084年）六月，石钟山迎来了大名鼎鼎的文学家苏东坡。苏东坡送子苏迈赴德兴县（今德兴市）任职，途经湖州，慕名游览石钟山。为辨石钟山之名，他夜泊山下实地考察，并撰写了千古名篇《石钟山记》。历史上苏东坡曾前后三次造访石钟山，与石钟山结下了不解之缘。

700多年后的清咸丰年间，石钟山又邂逅了另一位山水知音。

1855年9月，曾国藩调彭玉麟前来江西统领内湖水师。1858年5月，彭玉麟率湘军攻克九江进驻于此。湖口石钟山乃兵家必争之地，太平军于此驻军达五年之久。由于历次战事，石钟山风景区的上石钟山已损毁殆尽，下石钟山亦破坏严重，因此彭玉麟驻扎此地后，便立即着手修复下石钟山景点。

清同治中兴的四大名臣曾国藩、左宗棠、彭玉麟和胡林翼全是书生投笔从戎、文武兼备的儒将。彭玉麟颇具文人情怀，是个艺文双修、才情兼具之奇男子。他重修下石钟山30多处古建筑，总面积达万余平方米。其楼台亭塔、榭轩阁坊、祠院禅林、别墅曲廊，一步一景，各抱地势，错落有致，藏露结合，石环水绕，幽深雅致，既具徽派特点，又有江南园林风格。我想，这个在安徽出生成长，又在湖湘大地耕耘、有着湘人聪慧的将军，修建的亭台楼阁兼有两地之文化特色也就不足为奇了。而在这众多的亭台楼阁中，报慈禅林、归去亭、坡仙楼、浣香别墅和梅花厅五处又寄寓了他一生的理想和人生情怀。

彭玉麟是个大孝子，但忠孝难两全。当年他投奔湘军，忙于战事，在母亲去世之时未能床前尽孝，常因此引以为憾，所以他在石钟山观音殿前、昭忠祠旁修建了一座报慈禅林，请僧诵经敬佛，祭祀祈祷。这样既可为安抚慈母亡魂，以报慈母养育之恩，又可为战死的湘军超度。他还在逼窄之处正对观音殿的地方修了一个戏台，名为娱

心将身与联　138 cm × 36 cm × 2

神，实则是借以孝敬慈母。他还在此处亲题了一副饱含深情的联句：“稽首慈悲，遥指白云求佛荫；关心镗鞳，愿逢黄石授兵书。”

彭玉麟有君子之风，平生喜好陶渊明、苏东坡。他在此修建了纪念陶渊明的归去亭，还题了一首寄怀千古之情的联语：“心将客星隐，身与浮云闲。”又在报慈禅林西侧修建了纪念苏东坡的坡仙楼，并题联：“石骨耸峰余，百战河山增感慨；钟声听浪击，千秋名士有文章。”在军旅倥偬之际，他心中向往的还是如苏东坡那样流连山水，闻钟听浪，泛舟江海的“千秋文章”。但面对内乱四起、人民无处安生的时局时，他愤而墨绖从戎，其诗言志：“满地干戈冷阵云，一腔热血喷斜曛。黄巾肯使长流毒，墨绖何妨再策勋。弹铗悲歌休做客，请缨投笔又从军。愧予胸少阴符术，惟尽丹忱夙夜勤。”初入湘军，他就向曾国藩表明“不求保举，不受官职。”可见其名士情怀，君子风范。

然而，其最可贵之处，不是创建湘军水师，不是赫赫战功，而是他一生不慕名利、不阿权贵、不治私产、不御姬妾、一生六辞高官的特立独行的处世态度。这种出淤泥而不染的处世行为，在极度腐败黑暗的晚清官场，非有强大意志和人格力量是不可能的。同治六年（1867 年），他在一份奏折中写道：“臣素无声色之好、室家之乐，性尤不耽安逸，治军十余年，未尝营一瓦之覆一亩之殖，以庇妻子。身受重伤，积劳多疾，未尝请一日之假回籍调治。终年风涛矢石之中，虽甚病未尝一日移居岸上。”在同治十二年的一份奏折中又说：“臣以寒士始，愿以寒士归。”怀抱这种志向的人，古今中外，上下几千年，又有几人。他为后人留下的宝贵精神财富，放之今日亦足可效仿。

让人意想不到的是，这个“淡于荣利，退让为怀，身居小舟十五年”，不贪世俗之乐、性情刚硬的冷面汉子，却是个自有其乐的痴情种。他写咏梅诗一万首，他一生画梅一万幅，都是为了纪念青梅竹马的初恋“梅姑”。他在石钟山建浣香别墅，分前后两幢楼，前幢名听涛眺雨轩，后幢名芸芍斋。他在楼前遍植梅花，号称“梅花坞”，治军之暇在此画梅。题芸芍斋联：“好花香腻锦囊肥，红翻芍圃；芳草情绵书带瘦，红锁芸栏。”又在最高处建梅花厅。俯瞰梅花厅，其形如一朵绽开的梅花。厅的四周，原有彭玉麟手植的梅花六十株，他在“梅花寄舫”写梅花诗 100 首，称此舫为“六十本梅花寄舫”。他说自己“平生最薄封侯愿，愿与梅花过一生”。其内心丰富绵长的热肠柔情，又岂是局外人能懂的呢？

他在石钟山留下了大量的诗文字画，并主持修建了如同蓬莱仙境的石钟山园林，成为重建石钟山、深挖石钟山文化底蕴的功臣。文人真性情还需要一方好山水来供奉，一方好山水还需知音来收拾。

彭玉麟的事功、文治、德行得到了后人的高度评价。曾国藩评其“书生从戎，胆气过于宿将，激昂慷慨，有烈士风”，并联挽之

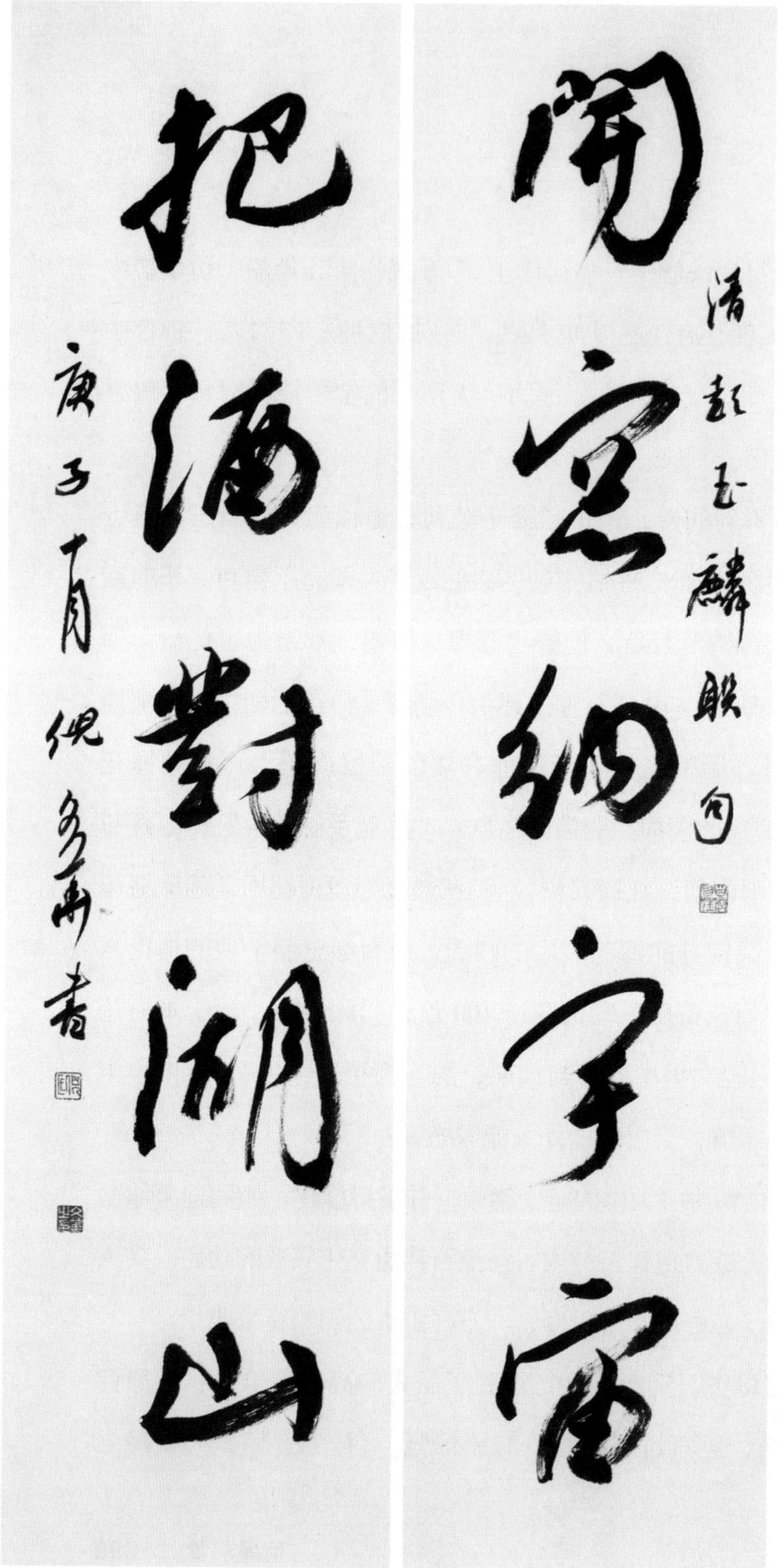

开窗把酒联　138 cm × 36 cm × 2

“千古两梅妻，公几为多情死；西湖三少保，此独以功名终”。李鸿章联挽之“不荣官府，不乐室家，百战功高，此身终以江湖老。无忝史书，无惭庙食，千秋名在，余事犹能诗画传”。王闿运联赞“诗酒自名家，看勋业灿然，长增画苑梅花色；楼船又横海，叹英雄至矣，忍说江南血战功”。

彭玉麟是个制联高手，在他为各地名胜题写的众多楹联中，有许多佳句妙构，如题黄鹤楼联：“心远天地宽，把酒凭栏，听玉笛梅花，此时落否？我辞江汉去，推窗寄慨，问仙人黄鹤，何日归来？”题西湖平湖秋月联：“凭栏看云影波光，最好是红蓼花，白苹秋老；把酒对琼楼玉宇，莫辜负天心月到，水面风来。”还有题浣香别墅芸芍斋联：“呼酒捻花谈旧事，曲栏小阁赏新晴”；题石钟山锁江亭联：“江上波平，远看渔舟归夕照；山中雪霁，好携樽酒访梅花。”从这些曲款深致、辞意兼美的联语中，我发现一个有趣的现象，彭玉麟好借酒抒怀。“把酒对湖山”“把酒凭栏”“把酒对琼楼”“呼酒”“携酒”等，借酒催情，酒生佳联也。

当然，在这众多联语当中，我还是独喜“开窗纳宇宙，把酒对湖山”一联。可以想见，彭玉麟携酒登临新建好的坡仙楼，意气风发，那种英雄豪迈之情自然奔涌，那种吞吐八方、兼济天下的济世情怀无须修饰、无须掩藏，流露在风月无边的湖山胜水间。2018 年，衡阳市举办纪念彭玉麟活动，我应邀参展并用隶书书写此联。

2019年初秋，我自驾游九江，漫行石钟山，流连怡香书屋，仰视高耸入云的古樟树，徜徉在梅花坞，凭栏眺海，抚栏思远，怀想先贤，深感彭玉麟字如其人、文如其人、联如其人，当为湖山英雄、诗酒名家。

山水总督本书生

上海豫园内刻有诸多好联，上海辞书出版社编印的《绝妙好联赏析辞典》就收录了七幅之多。“游目骋怀，此地有崇山峻岭；仰观俯察，是日也天朗气清”联乃湘人陶澍题豫园一副亭联。

道光五年（1826年），陶澍任江苏巡抚。因洪泽湖决口，漕运阻浅，陶澍亲至上海主持漕粮海运，驻留豫园时吟作此联。联语集自王羲之《兰亭序》。《兰亭序》是一篇书文俱佳的千古名作。书法号称天下第一行书，是后人师法的不二法门。《兰亭序》短短384字，却妙语连珠，集写景、抒情、议论于一篇，将人生观、宇宙观、创作观熔于一炉，受到历代文人推崇。此联高明在于上下联句都是照搬原句，重新组合后，又语义符合，情景交融，堪称绝妙。我想，陶澍于《兰亭序》定是下过不少苦功，所以才能信手拈来恰到好处。如果仅是对兰亭文

陶澍题豫园联　180 cm × 30 cm × 2

章熟谙，就可信手集之，就不免轻率了，一定还要内心澄澈之人方有此境界。而陶澍就是一个身在官场却内心纯净之人。

豫园有座大假山。我想，陶澍莅临之日，正如兰亭雅集之时，春和景明，天朗气清，惠风和畅，所见所感触碰了诗人思接千载的灵感，拈须微笑之间，情不自禁便是兰亭的美言妙句。关于大假山之景观，《西园记》云："由萃秀堂出右，仰巨山悬崖峭壁森森若万笏状。其金碧秀润之气常扑人眉宇。遥望之若壶中九华，天造地设几不知其为人力也。从麓而上盘旋二三，百步陡其颠，视黄浦吴淞皆在足下，而风帆云树则远及于数十里之外。游观至此称大快。"

此联道出了亭景之不凡，透露出作者游园赏景之高雅情怀与欢快心情。陶澍此联好像只写景，但却又有深意。园子虽小，而有崇山峻岭，正似人生虽短，而多有奇险曲折；天朗气清只是是日也，过往的风雨，将来的阴云，又会少吗？世事洞明如陶公者，又哪里只会看到眼前呢？

豫园还刻有陶澍一联，联曰："楼高但任云飞去，池小能将月送来。气魄阔大，境界不凡。"

陶澍是近代湖湘人物承上启下的开拓者。不有陶澍之提倡，则湖南之人才不能蔚起，就连中兴名臣曾国藩，亦赖陶澍之喤引。清末"恃才傲物、目无余子"的著名清流家张佩纶谓陶澍乃"黄河昆仑，大江之岷也"。他的思想影响了林则徐、魏源、贺长龄、曾国藩、李星源、邓廷桢、胡林翼、左宗棠等中国近代史上诸多英才。从道光十一年（1831 年）起，陶澍做了八年的两江总督兼两淮盐政。一介书生打理半壁江山，一任就是八年，实属少有。

陶澍出生在一个破落的读书人家，七岁时随父在岳麓书院一起学习。他自小发奋读书，有神童之誉。他遍览经史子集，涉猎野史、笔记、方志、族谱等杂书，又做过十多年京官，在编修、御史、监考、给事中等岗位历练过，有极强的行政能力，还担任过巡漕、主考、兵备道、按察史、布政史等地方要职，积累了丰富的实际工作经验。他凭着学识和才干，凭着忠诚和勤廉，凭着勇气和豪情，营造了江南一片锦绣，开创了完美的人生境界。但无论辉煌或平凡，他始终平静如水，淡定若素，波澜不惊。他在家乡资江的方石上刻皇帝赐赠的“印心石屋”，建文澜塔以怀少时读书之所，坚持写《省身日记》以明心迹，官做到哪就把诗写到哪里。一个可以“即论文字亦千秋”的文人，将功名之外内心所系外化为一个个可感可触的文化符号，寄托着自己的喜怒哀乐。

用此联描绘陶澍家乡的景色亦恰如其分。2019 年国庆假时，我自驾车游访陶澍故乡——安化小淹。清澈的资江，绵延的群峰，绿水青山之间，陶澍心心念念的印心石矗立江边。刻有御题“印心石屋”四字的文澜塔静瞰江流。近邻资江的陶澍陵园斜卧在崇山峻岭。我想，在豫园题咏吟联时，陶公是想到家乡的山水了。我以诗怀之：

古渡蔓江阔，小淹碧水清。

印心石尚在，御勅字碑新。

故地何处寻，陵园满目青。

乡愁归卧里，日夜听江声。

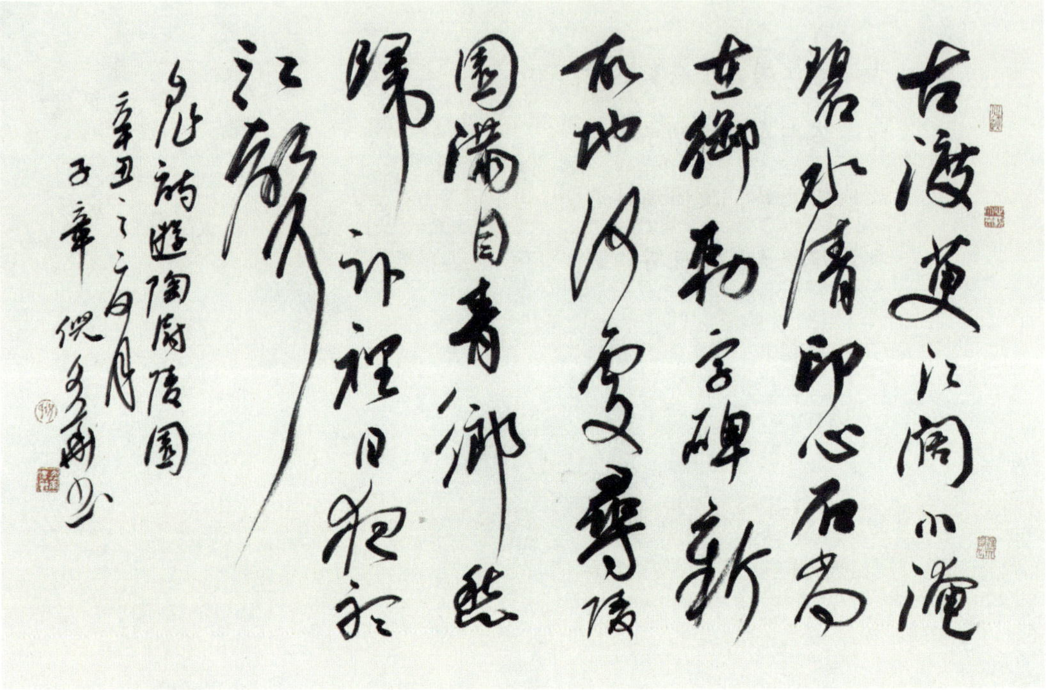

自作诗《游陶澍陵园》 138 cm × 67 cm

清风明月之思

我参访过很多名人故居，最简朴者无过湘西草堂。

湘西草堂是明末清初著名哲学家、思想家、文学家王船山的故居。慕名已久，我终于在庚子中秋节后造访。这是一个由晴阳转阴雨的日子，我从老家宜章上京珠高速转衡邵高速拐常华高速，从洪山下，至衡阳县曲兰镇石船山之下的湘西村。

走近草堂，首先映入我眼帘的是门柱上由周昭怡题书的王夫之自撰联：“芷香沅水三闾国，芜绿湘西一草堂。”周昭怡是湖南第一任省书协主席，虽为女子，其书却多以铁画银钩的颜体楷书闻名。不过此联是用隶书，端庄雅静，甚与联意相合。正门匾额由赵朴初

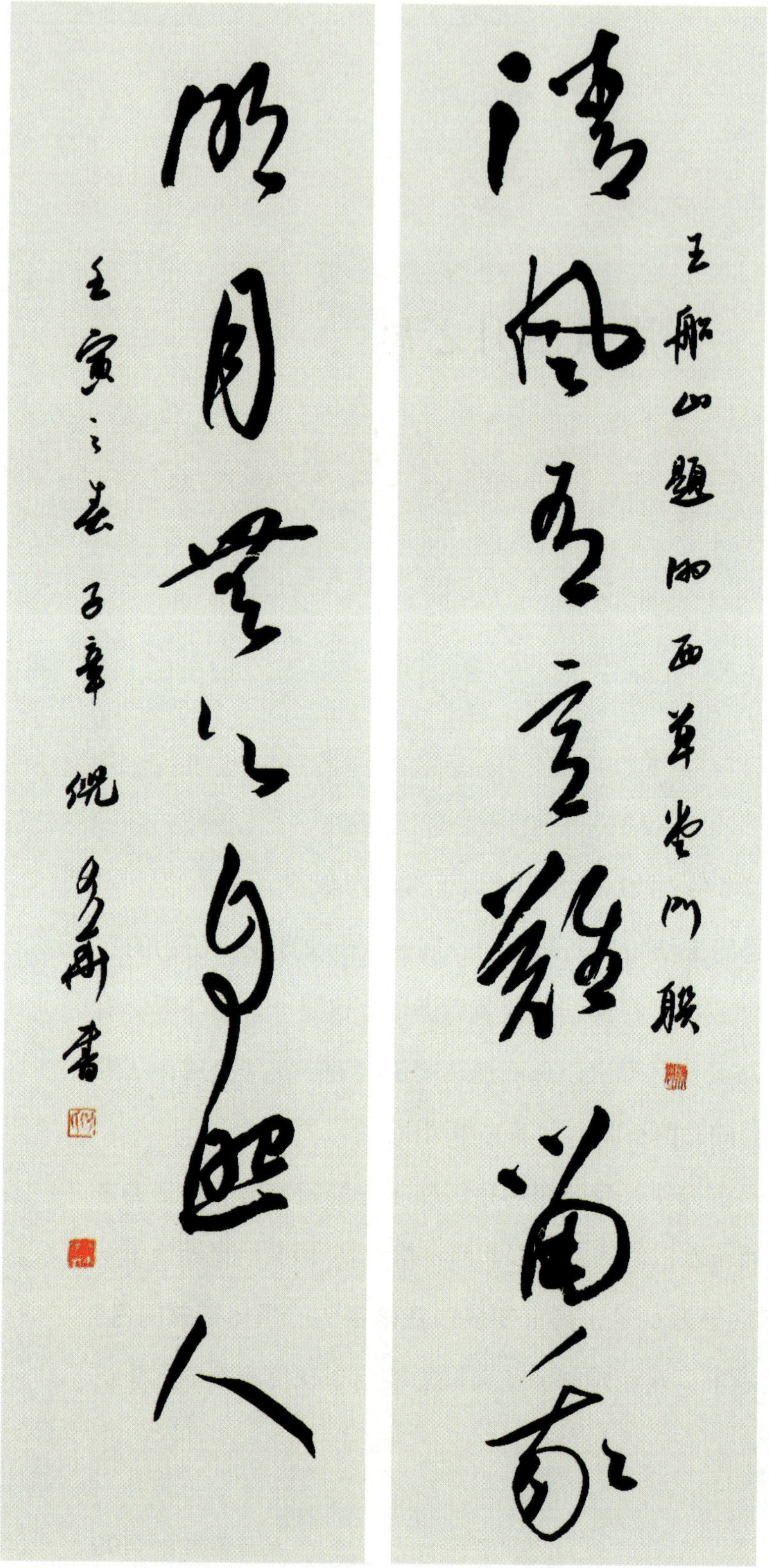

明月清风联　138 cm × 36 cm × 2

先生题书“湘西草堂”，质朴亲切，蔼然有长者风。近门见衡阳书家欧伯达先生隶书，黑底金字刊刻的门联：“清风有意难留我，明月无心自照人。”因门口不便久留，瞟一眼即跨进厅屋。正堂巨匾“岳衡仰止”四字苍劲有力，是时任两江总督使者、前翰林院编修安化陶澍题书敬献，称颂“衡阳王船山先生，国朝大儒也”。中悬王夫之像，像两侧为赖少奇书王夫之联句“六经责我开生面，七尺从天乞活埋”。正堂厢墙分挂八块联屏，系历代名人咏王夫之联句，有郭嵩焘、陶澍、张之洞等，皆一时之贤达。左厢为书房，是王夫之著书立说之地，据说书房里那张书案是先生用过的原物。立于案前，遥思当年风烛残年的先生“腕不胜砚，指不胜笔”秉烛而书时的情景，怎不令人唏嘘不已。右厢为卧室连厨房。除正堂是砂砖铺地外，其他房间都是沙泥地，皆陈设简单。因其简朴简单，游人大都很快参观完室内后，就匆匆走出草堂。我在室内细细读罢墙上文字后，亦不舍步出。出门左手边有洗砚池，天光云影，摇曳碧影跌落此间，有笔搅墨翻之气象，其有诗描述之：“船山半亩池，一泓贮香雪。”右手边茂林修竹，曲径穿林，可见一天然树木门洞，这是由一株五百多年的紫藤与并排数棵三百多年的黄连木相缠相绕而形成的树门，甚为奇特。后山绿树葱郁，曲径通幽。有莫急亭，三五访客在此歇息。在后屋左角百多年枫香树下，有一块竹篱四围不大的地，这是当时王夫之家里唯一经济来源——菱地。王夫之当年穷得无钱添置纸笔，靠种菱兑换些银两买笔纸，或者更多的是四处搜集别人用过的记账本子代做稿子，生活之艰难超乎想象。但王夫之并未以此为苦，而是将斋号取名菱斋，可见其君子固穷的乐观精神。

进门时匆匆瞟过一眼的门联“清风有意难留我，明月无心自照人”其实已触动我心。此联是王船山自撰联句，语意浅显，内涵深蕴，是流传甚广、耳熟能详的名联，也是众多书法家喜欢书写的联句。原来我抄录此联时未曾在意出自何处，今在此相遇，不觉有陡遇老友之感。此联与其另一副自撰联“六经责我开生面，七尺从天乞活埋”的豪情与无奈不同，自具一种旷达与自信。上联“清风”一语双关，表达了不与清廷相往来、以全有明遗臣之身的气节。一生着汉服穿木屐留长发，就是其心志的写照。下联表达了其“苟活”于世，为的是明月照人，以期于未来。以月寄情，以月达意。王船山还有很多写明月的诗，在他的诗里，痴月、孤月、明月俯拾即是，可看出王夫之以月明心的情致高怀。如《月坐和白沙》中“幽条晚风迟，披襟待月痴”句，夫之心慕陈白沙，白沙是月痴，王夫之与其心气相合，亦是月痴。此外，还有《和白沙中秋》句“东窗千嶂外，玉镜一轮圆”,《和白沙八首》之一“濯发夕风微，长歌弄明月”，“密至云无际，明生月有心”。

其联虽言无心，却是用心良苦。这弯“明月”是他用四十年的专注，隐遁独孤至简至朴之所十七年，一百多种著述、三百七十二卷、近千万字累积的光亮，烛照千秋，辉耀芸生。

白鹿洞书院记游

去年初秋，休年假自驾游庐山。游毕山上景点，从北门下山沿212国道往星子方向驱车18公里左右，右转进入一幽深狭窄地，转弯下坡，即现四围青山之间一排白墙青瓦古建筑。这就是天下第一古书院——白鹿洞书院。到达时，正是正午时分，游客不多，不大的停车场不见有几台车，两家门店也门可罗雀，书院异常清静。

白鹿洞，四面环山，坐落在一并不见宽阔的山窝里。

书院坐北朝南，周围是五老峰、后屏山、左翼山和卓尔山，门前是一条溪流，名为贯道溪。流水淙淙，愈显宁静。一群四合院式建筑临溪而建，粉墙黛瓦，飞檐斗拱，群山合围，绿树掩映，有沉郁古雅之气扑面而来。书院大门临溪而筑。虽是大门却并不显大，看起来像个侧门。门楼是双层飞檐式，有宋式建筑风格。门楣上刻有大理石黑底白字“白鹿洞书院”，字为李梦阳所书。李梦阳乃明代中期著名文学家、书法家，在中国文学史上、书法史上都有较高地位。

我用了近三小时细细参访。

跨进书院大门，第一个院落就是光贤书院。黑底金字的门柱联十分耀眼，是大名鼎鼎的康有为所书：“人杰地灵思鹿洞，物华天宝射牛墟。”拾级而上，入得门内，迎面一门楼，窄门高柱，门庭高挂“洞贤天下”无款四字匾，气势不凡，格局阔大，有纳天下英才聚于此之雄心。入内是一宽大的院子，井字划分，分栽植物。正面建有一亭，名丹桂亭，亭前两旁植有两株桂花树，树干腰粗过碗，冠盖如伞，交柯顾盼，遮檐荫日。亭内立石碑，刊“紫阳手植丹桂”，乃光绪四年岭南曹秉濬题书。书院中植桂树，喻义学人士子折桂夺冠，是一种良好的愿望。两厢走道是书法碑廊，最著名者是明万历年间名叫紫霞真人折蒲而题的《游白鹿洞歌》。又有王阳明所撰《修道说》石刻三通。王阳明曾于此讲学。亭后为清时重建纪念朱熹的朱子祠。朱子祠牌匾和柱联都由当代湘籍著名书法家李铎先生书写。祠有廊道门洞与另一庭院相通。

我沿碑廊退出，从正门进入第二组庭院。庭院前立有棂星门，石门泛着青苔的色泽，斑驳陆离，虽有庭前溪边众多高大树木为其遮风挡阳，但仍不能掩饰其剥蚀漫漶的古质，一种历史的沧桑厚重凸显在静密中。不知当年有多少学人士子穿过这扇石门，走进学堂，又走出

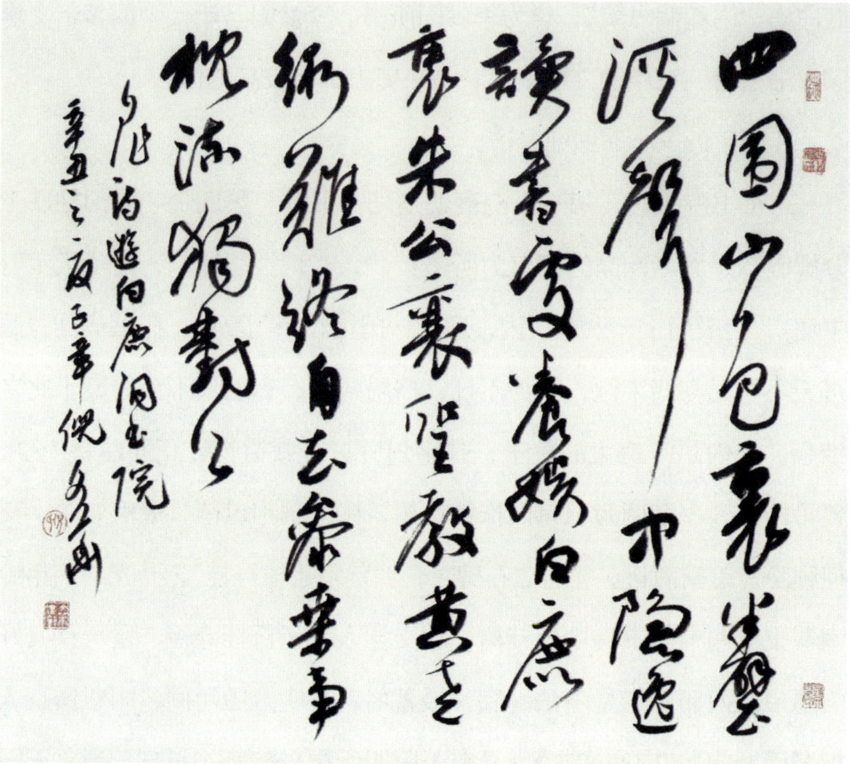

自作诗《游白鹿洞书院怀朱夫子》 86 cm × 68 cm

院门，挥洒自己的才情，去追寻“修身、齐家、平天下”的理想之光。

我怀揣着思古之情，从棂星门的中门进入，轻轻地踏上石拱状元桥，经礼圣门，至礼圣堂。这是祭祀孔子的朝圣之所。殿内设石龛，供奉孔子浮雕石刻像，石龛前两侧立四贤像，两边墙刻孔子十二门生像。门匾额书“生民未有”。柱联为草书，书法粗劣，不可识读，不知何人所书。

第三组院落，就是书院讲学上课之学堂所在，即“白鹿洞书院”，院名由赵朴初先生题写。一进庭院为御书阁。门前两棵高大古树交相掩映，门径幽深。迎面处，一副柱联耀眼而来，联曰：“泉清堪洗砚，山秀可读书。”甚合此楼意境。庭左厢房题为“泮斋”，是入学行礼之所。在古代，凡新入学的生员，都需进行“入泮”的入学仪式。要换上学服、拜笔、入泮池、跨壁桥，然后上大成殿，拜孔子、行入学礼。庭右厢房题做“憩斋”，是过去讲师课间休憩之所。柱联“傍百年树，读万卷书”，简洁大气，内涵宏阔。室内现陈列着朱熹书法拓片多件。二进为明伦堂。堂前立有王阳明全身塑像，庭栽翠竹白玉兰树，可见高洁。堂匾乃朱熹手书，联语为朱熹所撰：“鹿豕与游，物我相忘之地；泉峰交映，智仁独得之天”。细辨落款，却无法认清何人所书。此院是书院最主要场所，但见后屏山古木参天，郁郁葱葱，高出周边多矣。

前三组院落是最早之建筑群，连为一体，相互之间有门洞相连进出。之后第四组，由一窄巷分开，并未与之前连为一体。此院大门为一层薄檐式，与前双层飞檐式不同。门额由冯友兰书题“紫阳书院”。进此门时，已是傍晚时分，秋阳打在白墙上，树影婆娑。沿六级台阶而上，入门是崇德祠。柱联让我心里一抖：“祠尊紫阳，院纪白鹿；道至广大，学尽精微。”恍然忆起，近二十年前，我曾行书此联入展全国第四届楹联书法展，今到此偶见，如骤遇故人，自然欣喜。

从屋边绕至后院，是文会堂，立有周敦颐全身持书像。

欧阳中石先生题写堂名，李铎先生书写柱联：“白鹿洞开，泉谷珊霞竞秀；紫阳道在，圣贤师友同归。”周敦颐、李铎皆湘人。人文荟萃之所，湘人同庭，自豪之感油然而生。

最后一组庭院是民国初年所办的新式学堂“林业学堂”，二层洋房建筑，现已用作书院管委会办公用房。正对林业学堂门前，临流有石筑独对亭。绿树环匝，溪泉旁流。沿溪边石径漫步，可见亭下溪水曲转斜流。有石坡枕流而卧，石坡刻榜书“枕流”两字。电影《庐山恋》就出现过此镜头。此景在片中是男女主角第一次偶遇之处。女主周云在石径上拍摄溪景，正对枕流聚焦、按下快门的一瞬间，突然一个身影闯进了镜头。男主耿华的一次误闯，演绎了改革开放之初一部跨国爱情故事。此时，一对情侣正倚肩相拥坐在石坡上。能于清澈如镜的溪水边、绿树成荫的天光云影下，静静享受爱情，真是幸福。但愿此情可与涓涓溪水一样，百转千回，长流天地间；可与参天树木一样，交织长空，历风雨而叶茂。

溪流上横跨左翼山和卓尔山的一座独拱石桥名“枕流桥”。于此观溪，可谓绝佳。跨过石桥，山坡岩壁、河床溪石有书法碑刻。朱熹手书“白鹿洞”三字石刻，溪床卧石“砥柱”两字石刻皆厚重饱满，真力弥漫，让人印象深刻。再沿溪径往前行，就到了书院正对面的山坡之下。转身对看书院正面，但见古树参天，夕阳斜映之下，书院石阶石壁上泛着灵异的光彩。越过溪上的石桥步上台阶，我坐在树下的叠印着斑驳光影的石桌前，草拟了《访白鹿洞书院怀朱夫子》：

四围山色里，半壑溪声中。
隐逸读书处，养娱白鹿衷。
朱公襄圣教，黄老术难终。
自去参桑事，枕流独对公。

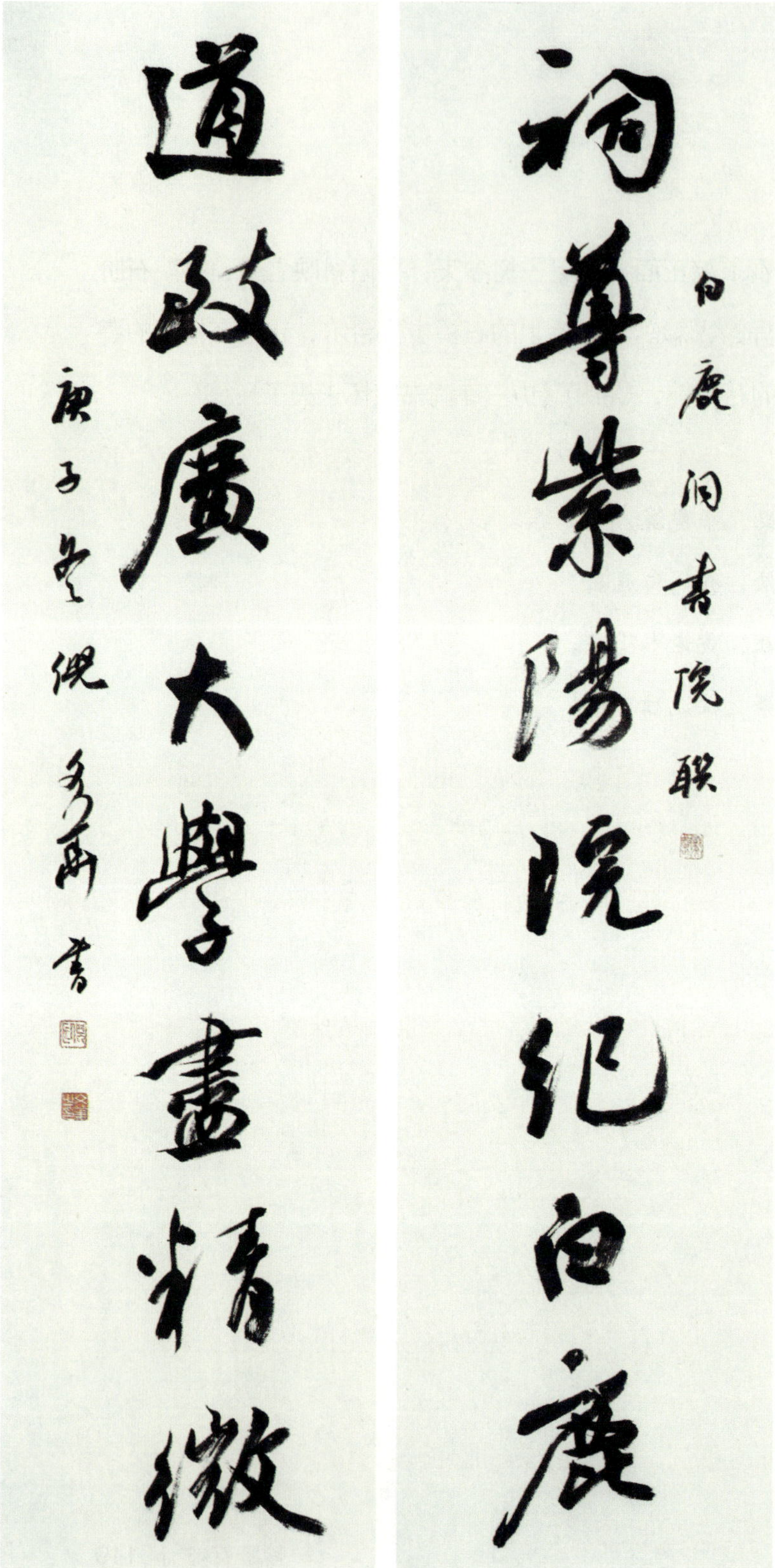
洞尊紫陽院紀白鹿
白鹿洞書院聯
道致廣大學盡精微

白鹿洞书院联句　138 cm × 36 cm × 2

匡庐诗行

己亥八月，仲秋之时，自驾前往庐山。从长沙出发，经长沙绕城高速、杭长高速、大广高速、永武高速、福银高速，费了 5 个多小时，细雨中历浏阳、铜鼓、修水，行至武宁，于庐山西海“揽海”处观景，又过共青城而抵星子县，入住天沐温泉度假村，晚宿于此。

次日晨起，早早往匡山而去。导游小舒在北门候迎。北门是当年毛主席上山之路，我情不自禁吟出了主席诗句：“一山飞峙大江边，跃上葱茏四百旋。”山下还是雾霭迷蒙，到了山上，则丽日晴阳，自有杜甫“阴阳割昏晓”之诗意。停车观景台远望牯岭镇山坡上密密麻麻红绿相间的小楼房，自是一道亮丽的风景。晨风微凉，云雾渐散，天朗气清，心旷神怡。

入住鑫缔云境酒店，稍做憩息，即开始庐山景点之游。首站访美庐。这是百年间，国共两党领袖都入住过的别墅。步下台阶时，我随口吟出《访美庐》：

风云啸聚百年间，别墅成群独此庐。
戏道“久违”峡海远，沉浮万里共一屋。

因庐山会议旧址闭馆，只好转到庐山瀑布。此为李白题《庐山瀑布》之名景。当年，诗人李白是从山下往山上爬行，那种“遥望瀑布挂前川，疑是银河落九天”的意象是遇景而生的感兴之语。而今我们是坐缆车由上往下行。从上往下看，第一感觉是截然不同的。入秋之时，水量不大，亦没有飞流的气势，难怪现场有游客叽叽喳喳议说李白诗句。而两边的汉阳峰、太乙峰静静地立在那，没有游客去多看它们一眼，也许这就是唐诗的魅力吧。我写不出李白的诗句，但记录不同的感受，只能是《下庐山瀑布》：

缆车直下八千丈，为究银河尺三千。
汉阳太乙峰耸立，闲观游客到溪间。

在山上土菜馆品尝当地土菜后，正午始游含鄱口。含鄱口是九奇峰和五老峰之间的一处壑口，好像张着大口要鲸吞鄱阳湖一样，有千里鄱湖一口含的气势。登上含鄱口的犁头尖山，极目四眺，北可望五老峰，东可瞰鄱阳湖，南可极汉阳峰，西可览庐山植物园。当日秋阳明丽，四围景观，湖光山色，尽收眼底。有感而作《含鄱口犁头尖上远望》：

阳映秋湖镜览天，汉阳太乙自昂胸。
云横林海浮一色，帆影江天下九州。
五老峰奇伟人相，直临苍宇势恢雄。
苍蝇碰壁烦心事，聚力同心靖岛汹。

从含鄱口下来，接着游锦绣谷。初秋时节的锦绣谷巨石嶙峋，千岩竞秀，险峰陡壁之间奇松杂红枫，一路景色如锦绣画卷。游人不多，山谷空旷。游至“纵览云飞”题松岩石处，已是薄暮时分，再往前走就到仙人洞。在这里可以感受到毛主席“暮色苍茫看劲松，乱云飞渡仍从容。天生一个仙人洞，无限风光在险峰”的诗意。小憩于路边石凳上，用小诗记下《游锦绣谷有怀》：

锦谷空游客，匡山曲径深。
悬梯凌绝壁，大壑下微茫。
松劲拏云袖，峰危斗胆惊。

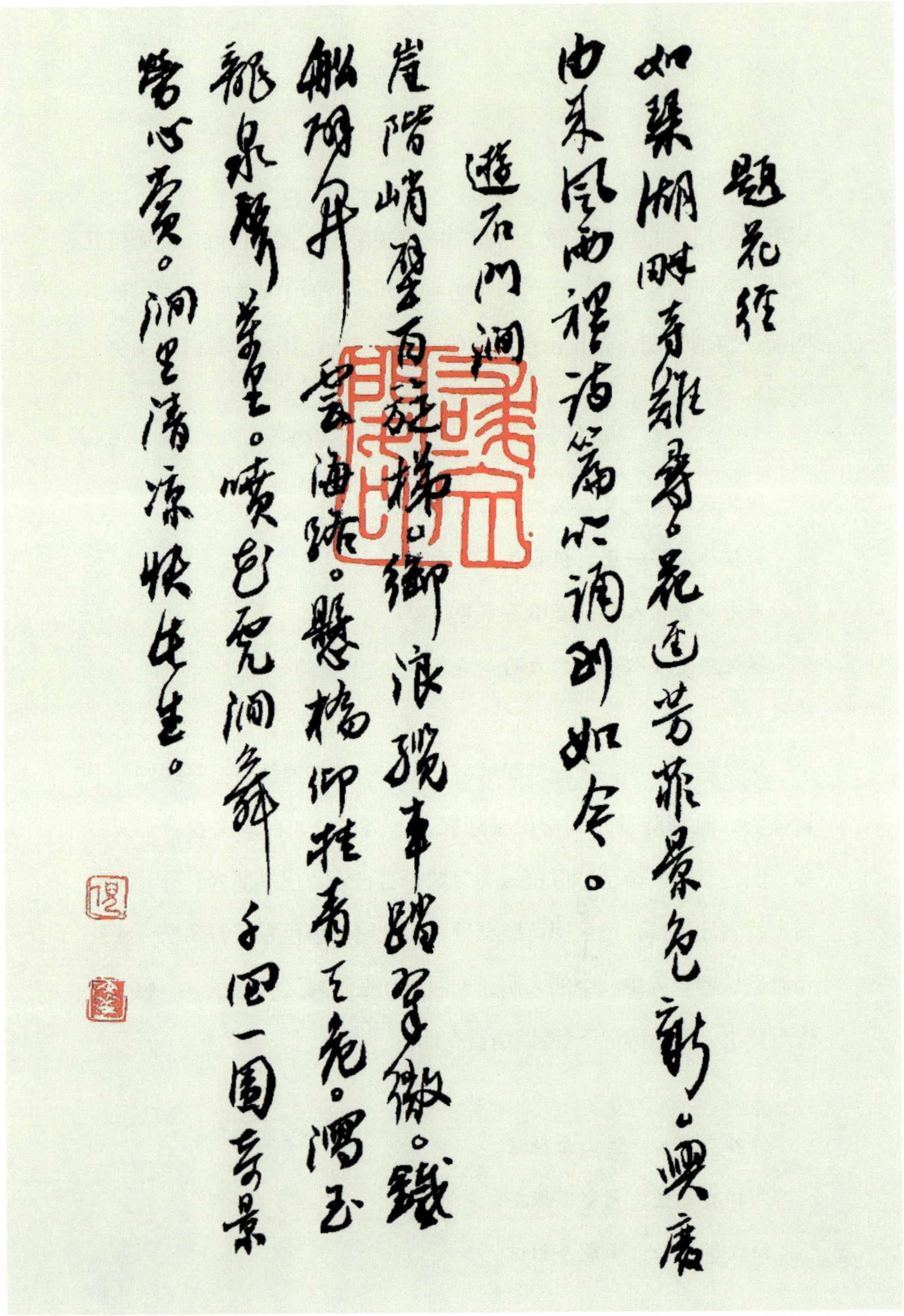

自作诗笺　21 cm × 29 cm

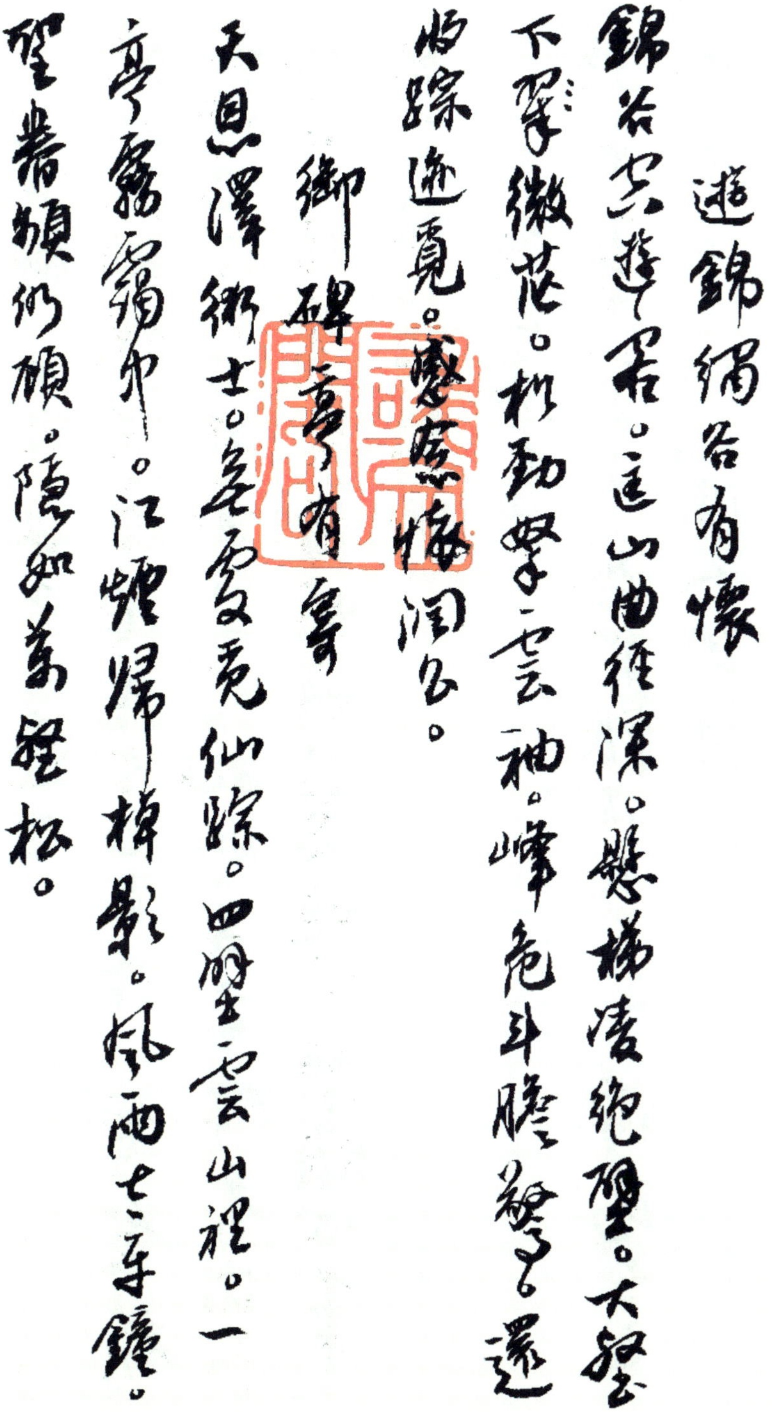

自作诗笺　21 cm × 29 cm

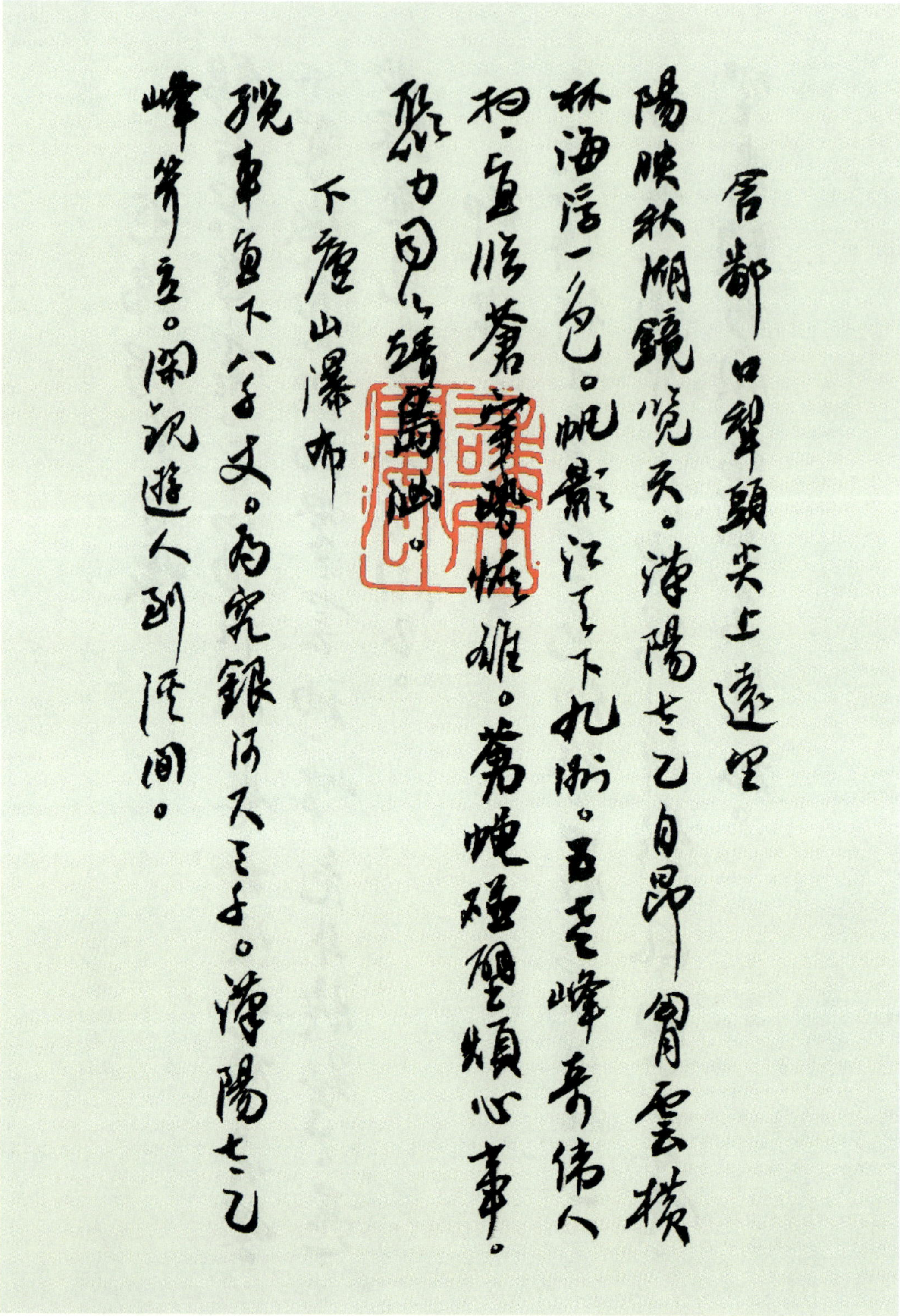

自作诗笺　21 cm × 29 cm

还将踪迹觅，感念怀润公。

走出山谷，匆匆穿过仙人洞，至御碑亭。有我过去喜欢书写的联句“四壁云山九江棹，一亭烟雨万壑松”赫然镌刻在碑亭门柱上，古朴的隶书与风雨剥蚀、斑驳漫漶的石亭浑然相融。细读完长长的解说文字，转身离开之时，夕阳穿过树林，将一抹余晖斜打在御碑亭厚重的石墙上，有如时光的烙印，映照历史的沧桑。御碑亭的故事带有传奇色彩，但此处有明皇朱元璋亲自撰写《周颠仙人传》并敕建御碑亭的记载，可见传说并不虚妄。这也是庐山留存不多的明代遗迹，大林寺、天池寺、天池台等都不复存在了。咏史诗难作，姑记之：

天恩泽术士，无处觅仙踪。
四壁云山里，一亭雾霭中。
江烟归棹影，风雨太平钟。
圣眷频仍顾，隐如万壑松。

重新归来的早晨，在一片阳光中醒来。“人间四月芳菲尽，山寺桃花始盛开。长恨春归无觅处，不知转入此中来。”来到当年白居易题诗《大林寺桃花》的花径，迎门是“花开山寺，咏留诗人”隶书联，宽博端凝，有汉唐气象。花径空寂，游人稀少，不见桃花，但有山花幽草点缀。而当年白居易夜宿之所大林寺，已损毁。有感于此，诗记之：

如琴湖畔寺难寻，花径芳菲景色新。
兴废由来风雨里，诗篇吟诵到如今。

游毕花径往石门涧景点入口去，先坐一节缆车后，再进入景区。首先映入眼帘的是铁船峰，如一艘巨大的铁船昂首前行，劈波斩浪。下到悬桥处是最佳观船处，一般游客到此就不再往下走了。因为下面是 1500 多级陡峭的台阶，上下确实消耗体力。但下面有龙首崖、神龙宫与大瀑布等景点。沿陡峭的石梯往下行，可临高观老龙潭、白龙潭。在临青龙潭的峭壁上新建一亭，名龙宫亭，亭联“峭壁穿云悬狭路，飞泉泻玉洗天尘”。下到涧底，就是徐霞客游记写的青龙潭，潭底石坡上刻有“喷雪奔雷”四个大字。此处身临陡峭斧削绝壁之下，瀑布深潭之边，远眺壑口奇石怪岩，近听瀑布声震如雷，确有龙虎相搏之意。诗记之：

崖阶峭壁百旋梯，御浪缆车踏翠微。
铁船辟开云海路，悬桥仰挂青天危。
泻玉龙泉声万里，喷花虎涧舞千回。

一围奇景劳心赏，涧里清凉快此生。

用了近两个小时游完，返回地面时已是午饭时间。就在景点入口处用过午饭。因无力再爬三叠泉近3000级的台阶，遂决定留点念想，下山而去。

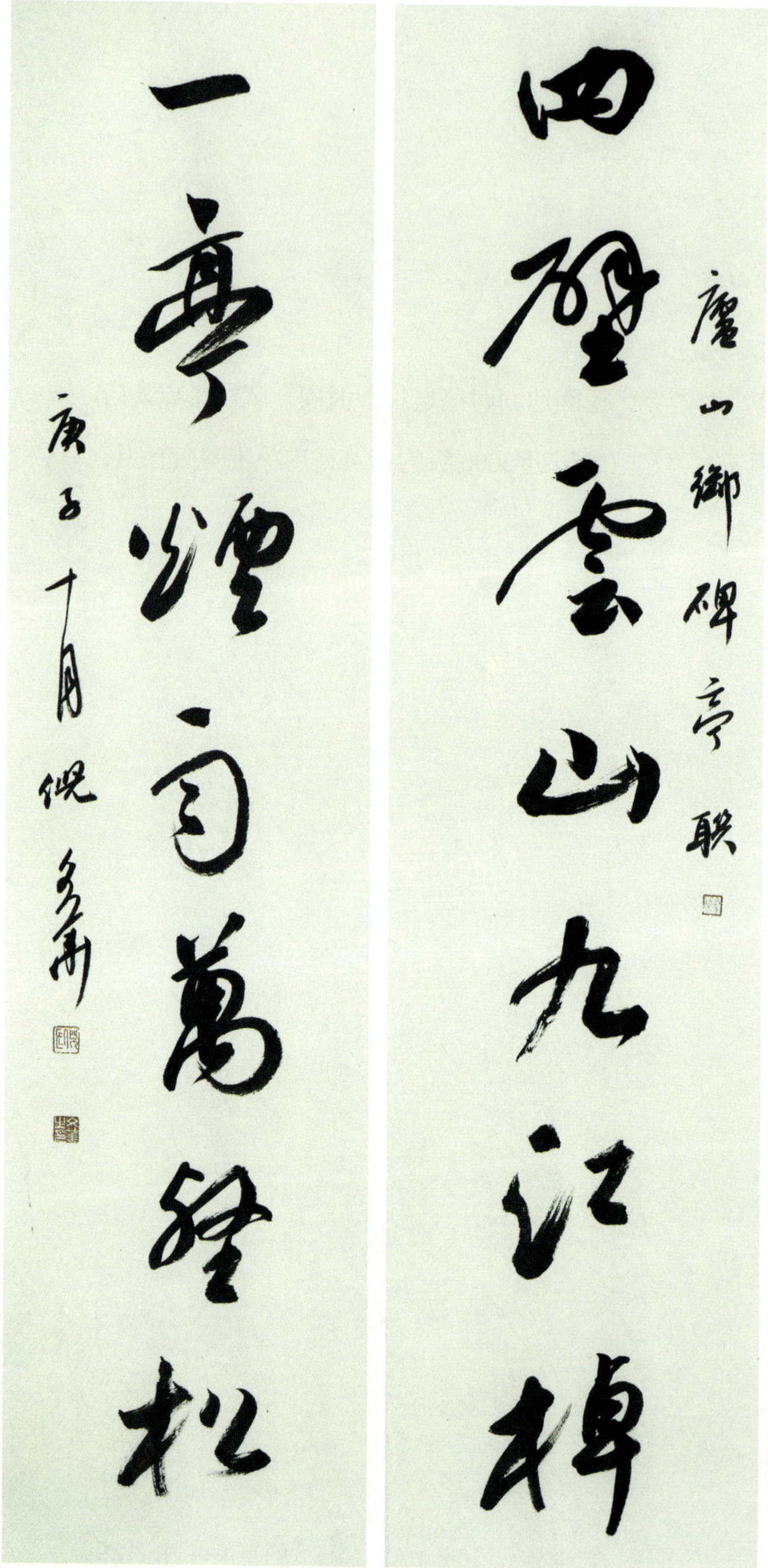

庐山御碑亭联　138 cm × 67 cm × 2

一隅清凉映书香

五月的长沙，连续下了几天大雨。一个人躲在望湖堂读书临帖。南窗外是绿树环绕的十数亩鱼塘，哗哗的雨声铺满窗外的天地，急落的雨点在湖面荡开层层涟漪。取出不久前唐浩明先生相赠的《曾国藩日记点评》，内容中多处记录了与何绍基交往的故事。在道光二十二年（1842 年）的日记中，曾国藩娓娓写道："子贞现临隶书字，每日临七八页，今年已千页矣。近又考订《汉书》这讹，每日手不释卷。盖子贞之学长于五事：一曰《礼仪》精；二曰《汉书》熟；三曰《说文》精；四曰各体诗好；五曰字好。此五子者，渠意皆欲有所传于后。以余观之，此三子者余不甚精，不知深浅究竟如何。若字，则必传千古无疑矣。"此时，何绍基年方四十二，曾国藩三十出头。思维缜密的曾氏即认为子贞书法可传千古，可见其识人知书之眼光独到也。

雨到傍晚停了，余便出门步至两百米开外的金石蓉园。入口处有两小山丘屏息相对，新韶西路破山斜过。这里距湘江不过公里许，过去应是山峦叠翠、树木繁盛、娴雅幽静之地，如今已是高楼林立、车水马龙、人声鼎沸。在东边小山丘中安卧的就是晚清书法家、诗人何绍基。1873 年，何绍基病逝后归葬于此——石人冲苦竹坡。石人冲，相传为明朱钧为其师合专归葬之地，刻有石人，故名。近因开发拆迁，成安置小区，修建有小区公园。质朴拙厚的出土石人就立在公园里的小溪边。

入金蓉小区内，从东入口进，一绿地小坪斜置朱文子贞印刻石。印大三尺许，作入口之雕塑，别有韵味。沿两边铺设了环形青砖小径，在低洼处圈一池塘，顽石嵌边，水草傍岸，亭阁临水。倚坡面水修建了何绍基书法碑墙，刊刻了何绍基行书，黑底白字，字大如拳。沿青砖铺陈的小径右行，修有书法碑廊，刻有何绍基篆书、隶书、行书、楷书作品多幅。其中行书联“红颗带芒收晚稻，绿苞和叶摘新橙”，隶书联“白石静敲蒸术火，清泉闲洗种花泥”，“讲道毓德立诚垂范，研书赏理敷文奏怀”，皆其书法代表之作。碑廊前池塘边新筑木制亭阁，可临水观鱼，又可闲坐赏字，置身其中，已入清幽之境矣。绕行至塘左，就是两山之间，正面可见何绍基陵寝。这几年政府拨资修缮了何绍基陵园。麻石铺排曲径，大理石修砌围栏台阶，水泥墓冢，墓前挺立两根如笔石柱。四周新植了树木、草皮，西面山顶隐

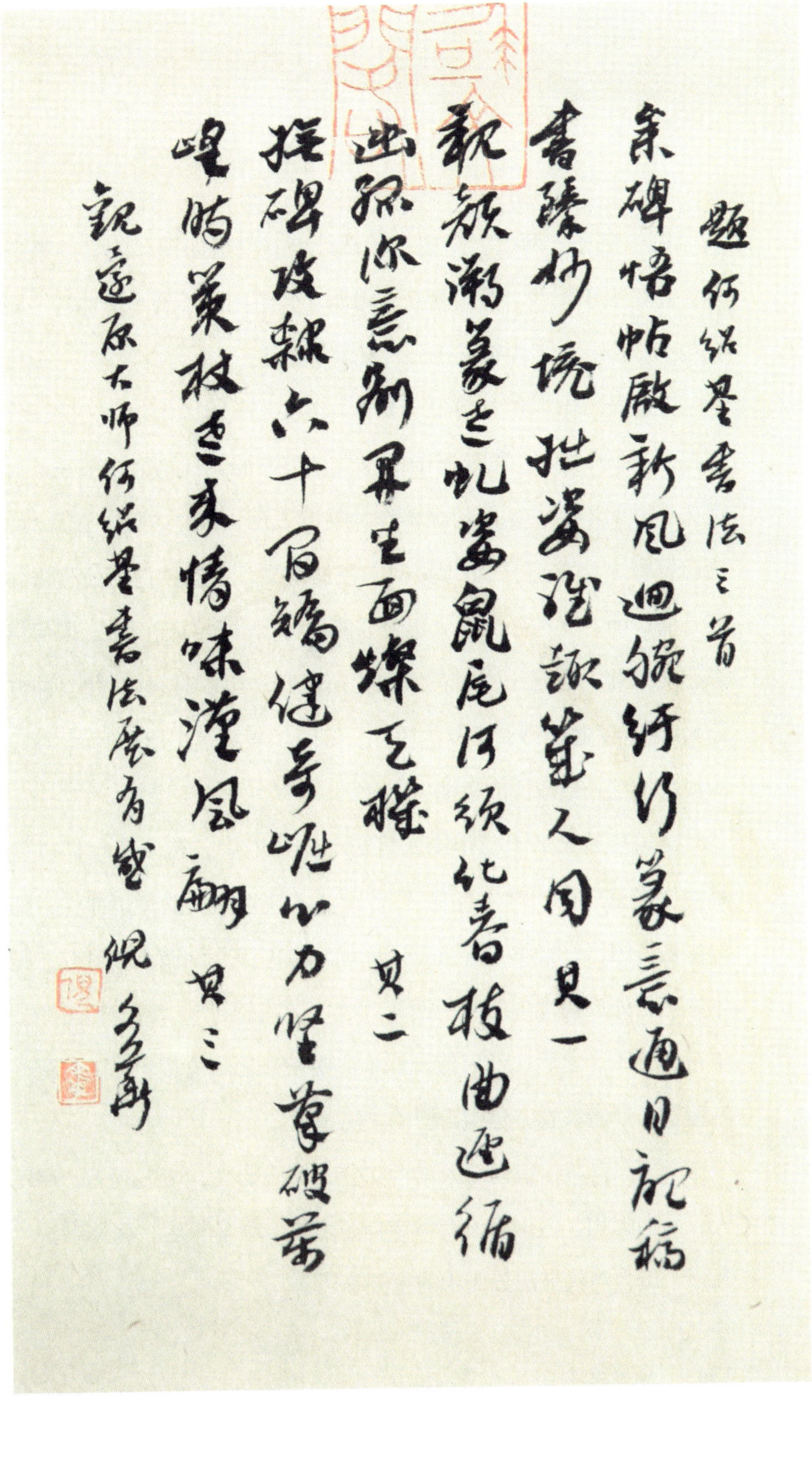

自作诗《题何绍基书法三首》 28 cm × 19 cm

约可见一亭子。两山之顶树木依然茂盛，将近如咫尺的喧闹繁华隔开。陵寝坐东朝西，背山面江。隔湘江而望相距不到十里地的坪塘伏龙山上，清中兴名臣曾文正公就安葬于此。

在道光二十二年（1842 年）十月初八日记里，曾国藩这样写道："灯后，何子贞来，急欲谈诗，闻誉，心忡忡，几不自持——，与子贞久谈，躬不百一，而言之不怍，又议人短，顷刻之间，过恶丛生，皆自好誉之念发出。"可想见两人夜谈诗文，曾氏欲得何公赞誉的急迫心情。而对此种心情曾文正公亦能检讨自省，纠枉已过。但何绍基未必能如此。他五十岁时在京国史馆任职一年多时间里写的《种竹日记》，记录了他读书、交友、写字、病痛、丧亲等生活中的点点滴滴，却没有一丝一毫曾氏的矫情。

曾国藩道光二十二年十二月初七的日记里，有八个字评价何绍基："子贞之直，对之有愧。"曾国藩不缺湖南人的豪迈血性，却能一生谨言慎行，最终位至人臣。而何绍基亦深具湖南人的耿介，但书生本色，外放蜀地任学政只两年就因"屡陈时务""肆意妄言"被咸丰帝免了职。之后，他只能奔波于济南长沙之间执教于书院，沉潜碑帖翰墨，守着书卷，建构自己的书法重镇。

当年在京城，曾何二人常相交会，谈诗论文，切书蹉艺，品藻时人，两相唱和。曾国藩没有看错何子贞，一百多年后，何体书法风靡九州，成为当代书法热潮中的重要书风。

刻于陵墓前山坡石壁上何绍基自撰联句“江前后岭通云气，万壑千林送雨声”。这副联句是对这里最好的描述。这里是他最好的归宿。

何绍基联句　138 cm × 36 cm × 2

都是文章

很多次到永州，很多次走进柳子街，很多次参访柳子庙，一直想写点关于柳子的文章。但每一次仰望由当代著名书法家沈定庵先生隶书的“都是文章”金色牌匾时，就会感觉它有一种抑制冲动的魔力，让自己不敢妄开笔端。

辛丑仲春，湖南省书法院举办首届学术交流展，并以镌刻于浯溪碑林的《大唐中兴颂》为主题进行学术研讨。于是，我到永州博物馆借展清代拓《大唐中兴颂》。在博物馆欣赏完拓片后，我又一次走进了柳子街。踏上柳子街那还散发着古朴气息的青石板路，偶然遇见身着古装的游客，仿佛穿越到了唐时的街巷。这就是柳子当年生活了十年的古街，这愚溪边的任何一处可能都是柳子独钓的去处。小石潭、姑姆潭就在临街的河边，不几步就能见着，但我们又能见着柳子的内心吗？这位用自己四十六岁短暂年华而成就唐宋八大家之一的文章圣手，其

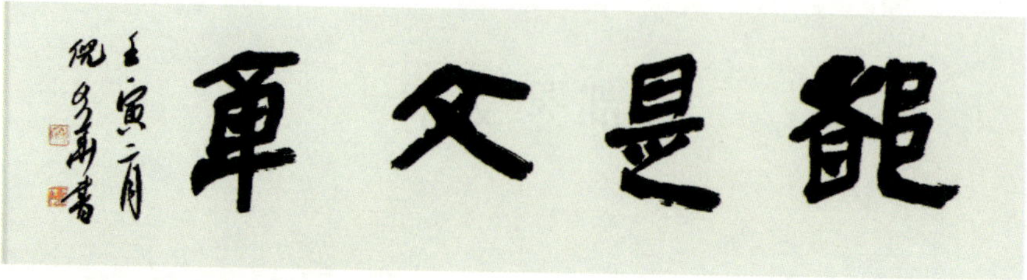

《都是文章》 138 cm × 36 cm

内心的孤独如他的《江雪》在河岸静卧了千年。“千山鸟飞绝，万径人踪灭。孤舟蓑笠翁，独钓寒江雪。”千古绝句，唯柳子独有。

柳子街不长，宽阔的石板路，两边林立的门店可以想见当年的兴旺。但孤寂的灵魂只能靠文章来煮，才华横溢的柳子将所见所思付诸文章，成就了自己也成就了永州。永州这本书诸多一部分是由柳子书写的。为铭记柳子的文风教泽，后人在柳子街的正当中修建了柳子庙。因一个人婉约了一条街，丰满了一座城。

跨进柳子庙大门，踏上台阶就到了二进门。门洞两边墙上挂着一副长联，“才与福难兼，贾傅以来文学潮儋同万里；地因人始重，河东而外江山永柳各千秋”。柳子是不幸的，他的才华没能在治世上发挥作用，只能诉诸文章。因了文章，他困厄永州十年；因了文章，他又被贬柳州，在困厄中去世。但是，他又是幸运的。因了文章，他被喻为贾傅以来的文章圣手；因了文章，他留名千秋，还成就了一座城。

一城风华属柳子。

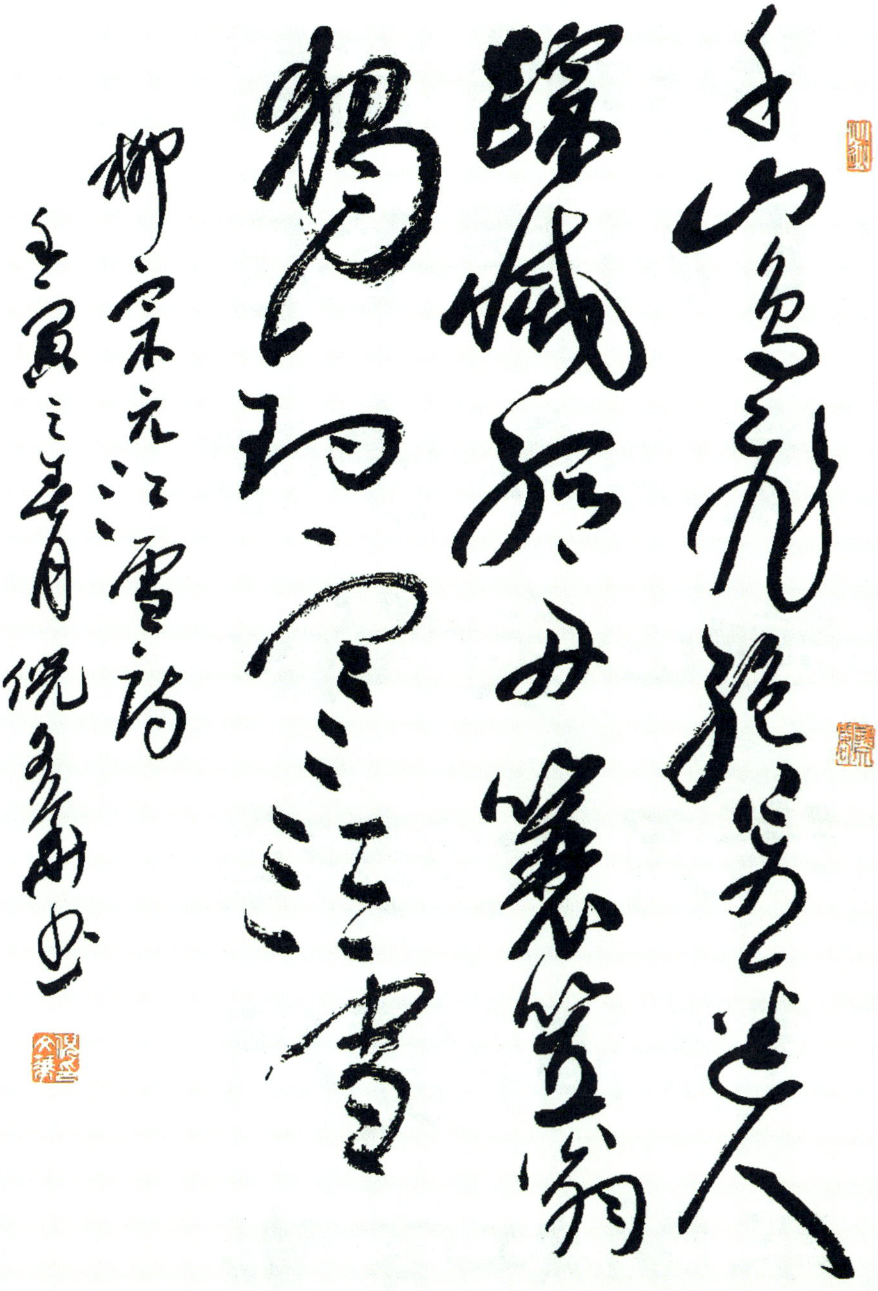

柳宗元《江雪》 138 cm × 67 cm

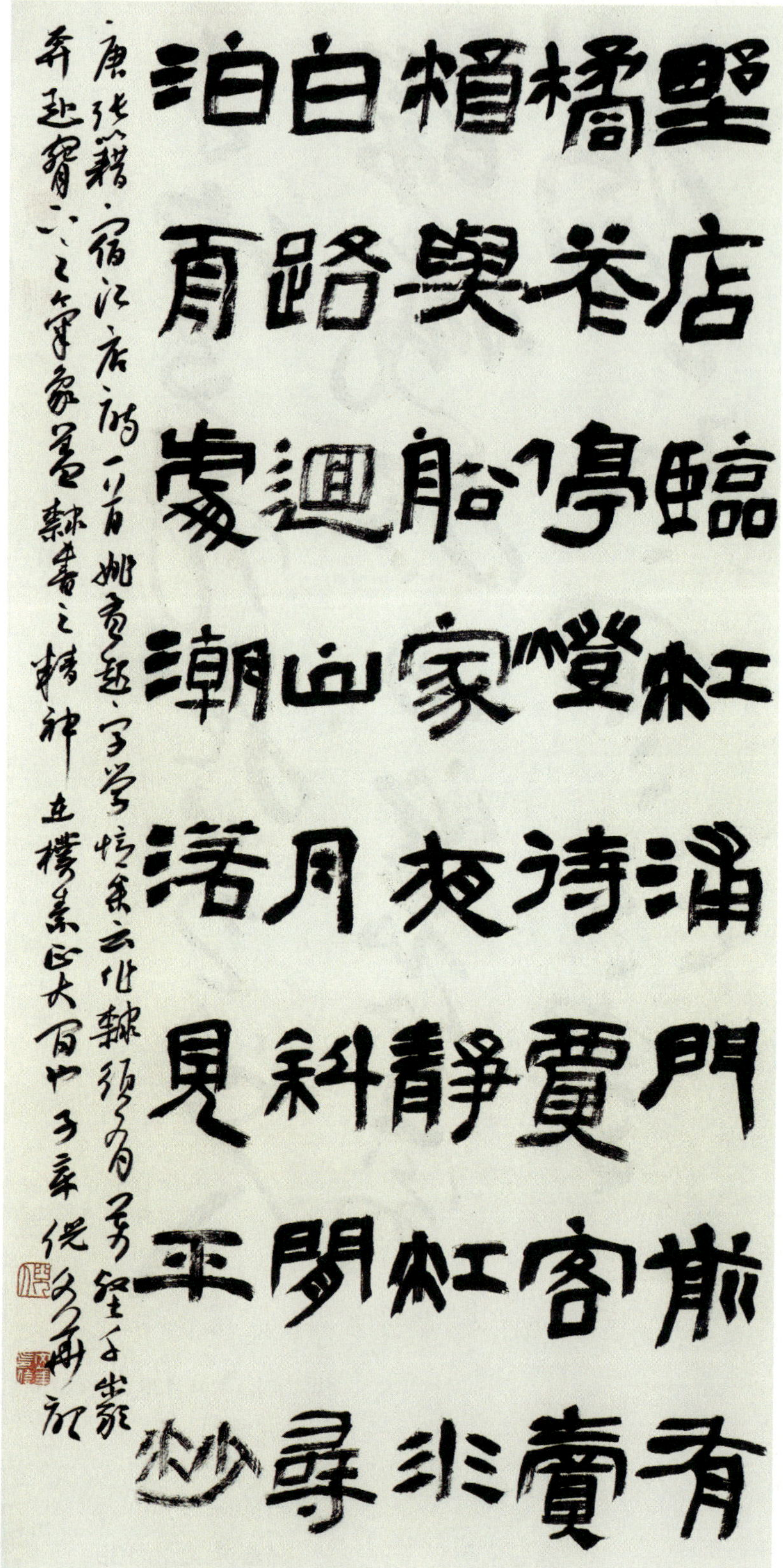

张籍诗　138 cm × 67 cm

03

three

砥砺锋颖

先生寒凉

黄寒凉先生是我的恩师，也是一位永远值得人敬念的先生。

最近，寒凉老师发来一套书稿，是他撰写的隽文美篇。他嘱我为其即将出版的新书写序。我受之惶恐，不敢造次，颇有如履薄冰之感。

我是在湘南一所煤矿子弟学校念完小学初中的，一直都是德智体美劳全面发展的五好学生。考入县一中后，我这个原来拔尖的学生，一下跌到了中下水平。刚从湖南师大中文系毕业的语文老师陈方敏对我的作文和毛笔字赞誉有加，还将我的作文当范文在课堂上分享，保有了我对学习的一份自信。在高二文理分科时，我毅然选择了文科。

当同学们传言，文科班主任是一位叫黄寒凉的老师时，心里真有一股嗖嗖凉意。没想到的是，见面后，却发现他是一位很暖心的先生。同学中无论学业成绩如何悬殊，寒凉先生都一视同仁，平等待之，扶助激励。如此经过一段时间后，同学们最期待最想上的课就是语文课。

启发式的引导，风趣幽默的讲解，旁征博引的渊博，信手拈来的随意，富有节奏的声音，厚厚的近视镜后面不停与学生交流的热切眼神，每一堂课寒凉先生给我们的都不只是惊喜和收获，还会有欢声笑语和满满的知识能量。压力山大的高中最后两年，在伏首苦读的艰难里，所幸有一位能让我们减负轻步的先生。

记得高二文理分科后，学习任务日益繁重。但是由于我喜好写字画画，所以继续参加了学校的美术兴趣小组，经常跑到美术老师张隆瑶先生的画室去学画。在一个月光微微的夜晚，寒凉先生把我叫出来，围着足球场边走边谈心，分析我的各科成绩，询问我的想法，委婉劝我不要因绘画兴趣而影响学习。只要不懈怠松劲，稍加努力，就可以考个比较好的院校。那个年代学艺术的少，学美术的更少，招生的美术院校也不多，考美术专业难度大，风险也大。

就是在那个夜晚，我向寒凉先生和盘托出了心里私密：我要报考美院。寒凉先生沉默片刻，月光下镜片后的炯炯眼神扫了我一眼，坚定地说：决心要走这条路，那就要付出更大努力。志在山顶，决不半坡流连。并同意我晚自习后可以到画室去学画，不必按时就寝。内向腼腆的我，从没向老师和同学透露过自己心思。因为这个夜晚的交流，改变了我的人生，也实现了我的人生目标。

从此，我每晚都画到深夜才回寝室。直到高三春季开学，寒凉老师又让班上三位美术生赴长沙进行考前培训。幸运的是，我们三个美术生专业都过了关，拿到了准考证。我也顺利考上了省内一所大学美术设计专业。

其实，人生最重要的是选择未来。徘徊在人生的十字路口，如果能有一位睿智、宽容的先生，帮你拨开迷雾，即便在黑夜，也能看准前路，引导你不断奋进。

时间在各自的忙碌中悄然而逝。即便在同一个县城工作多年，也因各自事务缠身而错过许多情感的交流。一晃，寒凉先生赴粤已近二十年，又过上了退休生活。当年的学生都年过半百，鬓发染霜。我也从小县城到了省城，并从事我梦寐以求的艺术工作，坚持着艺术创作。

三年前，寒凉先生出版了四本一套百万字的《榕窗随笔》，始知先生在本该享清福的退休生活中还笔耕不辍，喜玩微信，且粉丝逾万。最近，先生从微信发来了《村夫断章》四卷系列中的第三卷《村夫茶语》书稿。拜阅时，我仿佛又在聆听当年先生的谆谆教诲。人生的际遇况味、事业的逆顺困顿，生活的情感体验、中华儒释道的哲思，诗词曲赋的文心缱绻，在书里都以他那精致的文笔，巧思的谋篇而成。抚卷长思，或欣喜、或惆怅，或释怀、或奋然。我想，不管身份地位高下卑贱，不管经历坎坷曲折，不同的人在书里都可一一对应自己的人生坐标，找到励心激志，奋进共勉的警言丽句。一日受教，终生铭念；一书在手，教泽宏敷。

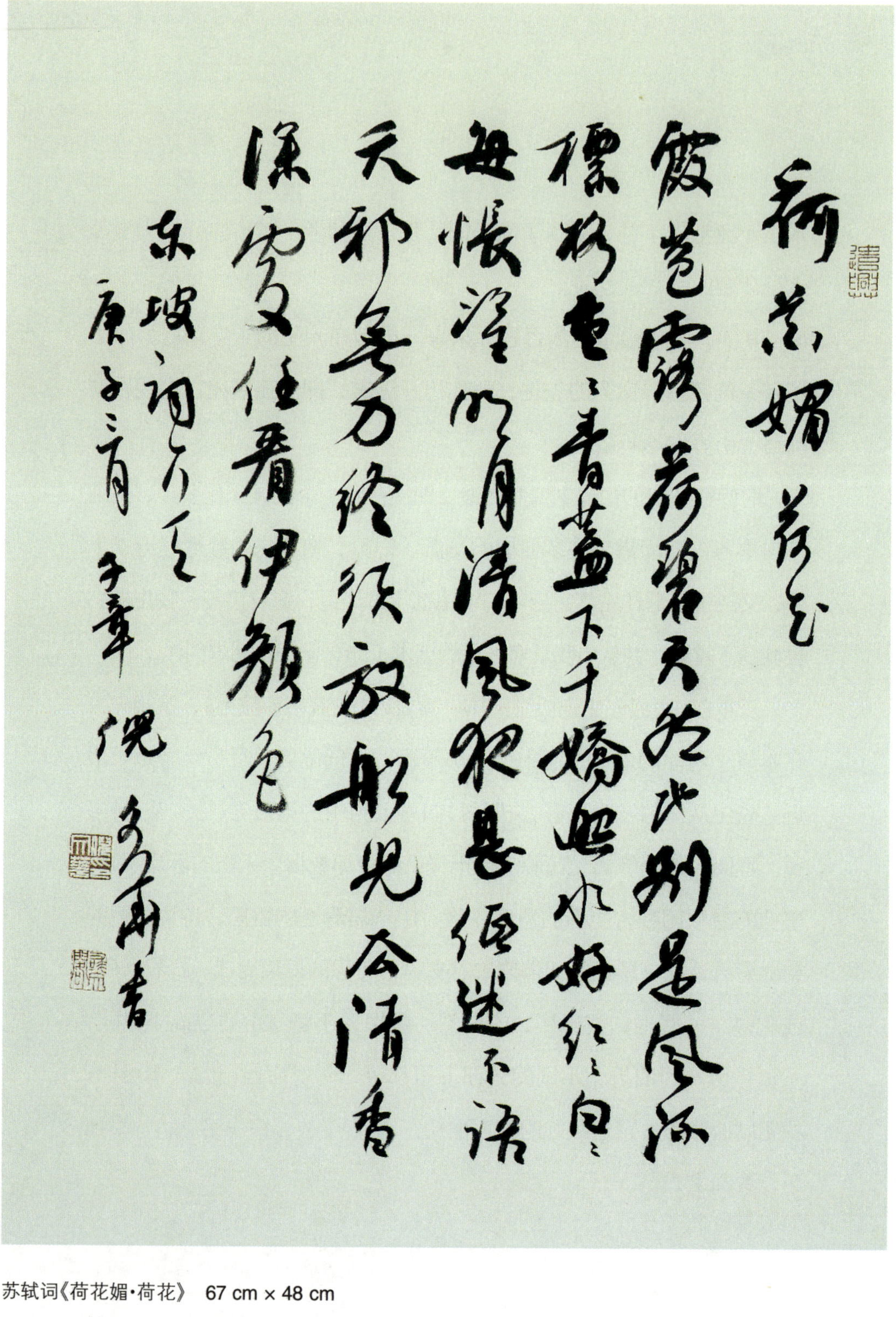

苏轼词《荷花媚·荷花》 67 cm × 48 cm

忆学书

在我的记忆中，第一次写毛笔字，大概是十三岁念初一时。那是被湘南一个国办煤矿的子弟学校，每周三下午雷打不动是作文课。有一次班主任兼语文老师马曼丽提前一天通知第二天作文课要进行写毛笔字比赛。当天晚上，只有高小文化粗通文墨的父亲手把手教我如何写出字的笔锋。第二天比赛，因我的字被老师认为是唯一有笔锋又比较端正而被评为第一名。奖品是一本老师自己油印的米字格大字本。作文课上老师鼓励的举动，让我与书法结缘。那份奖品上写满了我充满稚气的毛笔字，被我珍藏了好多年。

我最早见到的字帖是黄自元的间架结构九十二法和欧阳询的《九成宫醴泉铭》。好静的我，中学时的每个寒暑假都是临帖打发日子。在偏僻的山沟沟里，没有书法老师，完全靠自己揣摩领悟。考入当地重点高中后，在美术老师张隆瑶先生的引导下，我开始试着悬腕临写颜真卿的《麻姑仙坛记》《自书告身帖》和《勤礼碑》等。打下了较为扎实的基本功。

1986年，我考入大学专攻美术后，开始学写行书。我记忆中在大一时，学校大概安排了36个课时的书法课。由著名国画家邓鸣亮先生讲授书法理论，同时延请著名书法家颜家龙、汤清海两位先生讲授书法技法并指导临帖。之前，我仍以颜真卿《自书告身》、隶之《张迁碑》为主，还没有涉及行草书。颜家龙先生在讲授行书入门要领时，向我们推介了唐代著名书法家李北海的《麓山寺碑》和《李思训碑》。我到书店购回此帖，开始了行书的临习。但临的时候，总感觉北海此行楷书有点拗，不够畅快。大二时，我到书法家刘人要先生家中拜访。第一次走进他的书房，墙上挂着的一幅印刷的行书作品让我眼前一亮，为其书风打动，心生喜欢。一请教，知道是宋四家之一的米南宫书法。从此便与米字结缘，开始了我十多年习米的时光。米字成为我行书的主攻书体。

我对书法的热爱是发自内心的。大学时，我的专业是包装设计，书法并非主要课程，但我却投入大量时间临帖习书。为了避开学生寝室的喧闹，我省吃俭用，从不多的生活费中每月挤出5元的房租费在校外租房，为的就是朝临摹写，静心临帖。大学毕业后，我被分配进了党政机关，干起了行政工作，书法真正成了业余爱好。单位分配给我一间不足 8 平方米的房子。我搭起一张床架起一张桌，就在陋室开始了书法的临习。在以米字行书为主攻书体的同时，隶书以《张迁碑》《石门颂》《曹全碑》《华山碑》等为主，楷书舍唐楷而取魏碑，重点临习了《张猛龙碑》《龙门二十品》等，草书则以二王、孙过庭、怀素、山谷、王铎等为主。这一时期是广取博收、全面学习的阶段，我几乎临遍了自己所能见到的名帖名碑。有的费时很长，做了比较深入的研究学习，有的仅作辅助学习，只取一瓢。

我学习书法只是内心喜欢，加之在湘南偏远的县城工作，信息比较闭塞，较长一段时间都没有外出交流或投稿参赛。直至 20 世纪 90 年代中期，在书友的鼓动下，我才开始向全国书法展投稿参赛。而且很快就入选了全国书法展。

2001 年，我下派到乡镇任职，事务更为繁杂。我千方百计挤时间临帖创作。2002 年，我的以南宫风格创作的大字作品入展了第二届中国（天津）书法艺术节全国第四届楹联展。我赴天津观看了展览。同时举办的还有全国名家展、全国百强书法家作品展、全国第一届正书展。这是我第一次到现场观看全国书法展。在挂满书法作品的天津体育中心，身临其境地感受到了书法的热度，开阔了我的视野和胸襟。2003 年，我调任到离县城有 51 公里的遍远乡镇工作。安详、静谧、清新的乡村，没有了城里的喧嚣嘈杂，也不用分心旁骛，我一个人默默地在砚田里耕耘，静静地与古贤对话，反复地临习我喜欢的法帖。

为了不让事务撂下我的书法，我挤时间创作作品去投稿参赛。投稿参赛的过程就是自我加压自我提高的过程。2004年，我即兴创作的一幅大字楹联作品，入展了全国第五届楹联展。2005年，我的行书手卷入展了全国首届行草书作品展，在浙江义乌展出。年底，由湖南美术出版社出版了我的第一本作品集《湖湘百家——倪文华书法》。我“静坐玄鉴”般多遍通临过怀素的《小草千字文》、孙过庭的《书谱》，为日后的草书学习夯实了基础。在乡镇工作近八年的时间里，是工作压力最大、书法学习最为艰苦的时期，又是我书法发生质变、取得最大进步、入展国展最多的时期。

2009年，我经选调到了文化部门工作。来省城的这几年，我先后参与组织了2009湖南艺术节书法美术摄影作品展、2010湖南艺术年展等活动，参加了湖南山东、湖南河南中青年书法家提名展，还出版了《翰墨文心——倪文华书法作品选》。

时光飞逝，人事变迁，如今，过去的兴趣爱好变成了工作需要。命运给我开了个玩笑又眷顾于我。感谢生活，生活给了我成熟的养分；感恩书法，书法给了我直指心灵的感动。

学书感言

少时结缘书法，年已不惑仍痴心不改，只因少时放飞的梦想总牵引着自己。

书法当属苦事。操寸管柔毫，铺墨线素笺，守青灯黄卷，苦心孤诣，废纸数千，临万字仅得一瓢，观千帖却难变通，于孤寂中坚守，在创变中困惑，常人不能恒守。

书法当属难事，古人精妙博远，经典神韵超迈。参碑悟帖，潜心博学，深沉其间，萦绕冥思，定性超尘，日积月累，方有寸进。临立创变，何其难也。

书法当属乐事，立万象于胸中，传千祀于毫翰，握管潜万象，挥毫扫千里。凝神静气，心追意觉，墨妙之境，思入三昧。察精微于墨象，变起伏锋杪，抒情志于线舞，有寸进而喜形于色，是谓乐也。

书法当属雅事，蒙养汲之，经典引路，神会魏晋风流之韵，形拟唐宋妙象之迹，意取清高旷放之情，决尘埃，出清骨，求雅逸。

文墨清华

有“文墨”的人，是父辈对腹有诗书、能写一手好字的人的一种尊称。因此成为一个有“文墨”的人是父亲对我的最大期许。父亲在20世纪60年代初携全家从湘潭迁往林邑，我的少年时代就是在湘南地偏路远的矿山里度过的。每当除夕之夜，父亲会烧一堆柴火，让我们兄妹几人围坐守岁。他用地道的湘潭话眉飞色舞地讲老家的那些逸闻趣事，在我脑海里刻下了尚书结拜、木匠大师、和尚诗人等的故事。

逝者如斯，当我在湖湘文苑中知晓了一代文宗湘绮楼王壬秋、艺术巨匠齐白石、著名诗僧八指头陀，这些在湘潭老家广为流传的名人逸事时，我才明白父亲早早地已在我心田播下了“文墨”的种子。

我大学学的是美术设计，从事的是行政工作，业余时间全给了我喜欢的文翰楮墨。记得我少年时最早买的几本书就是《陶渊明诗集》《诗

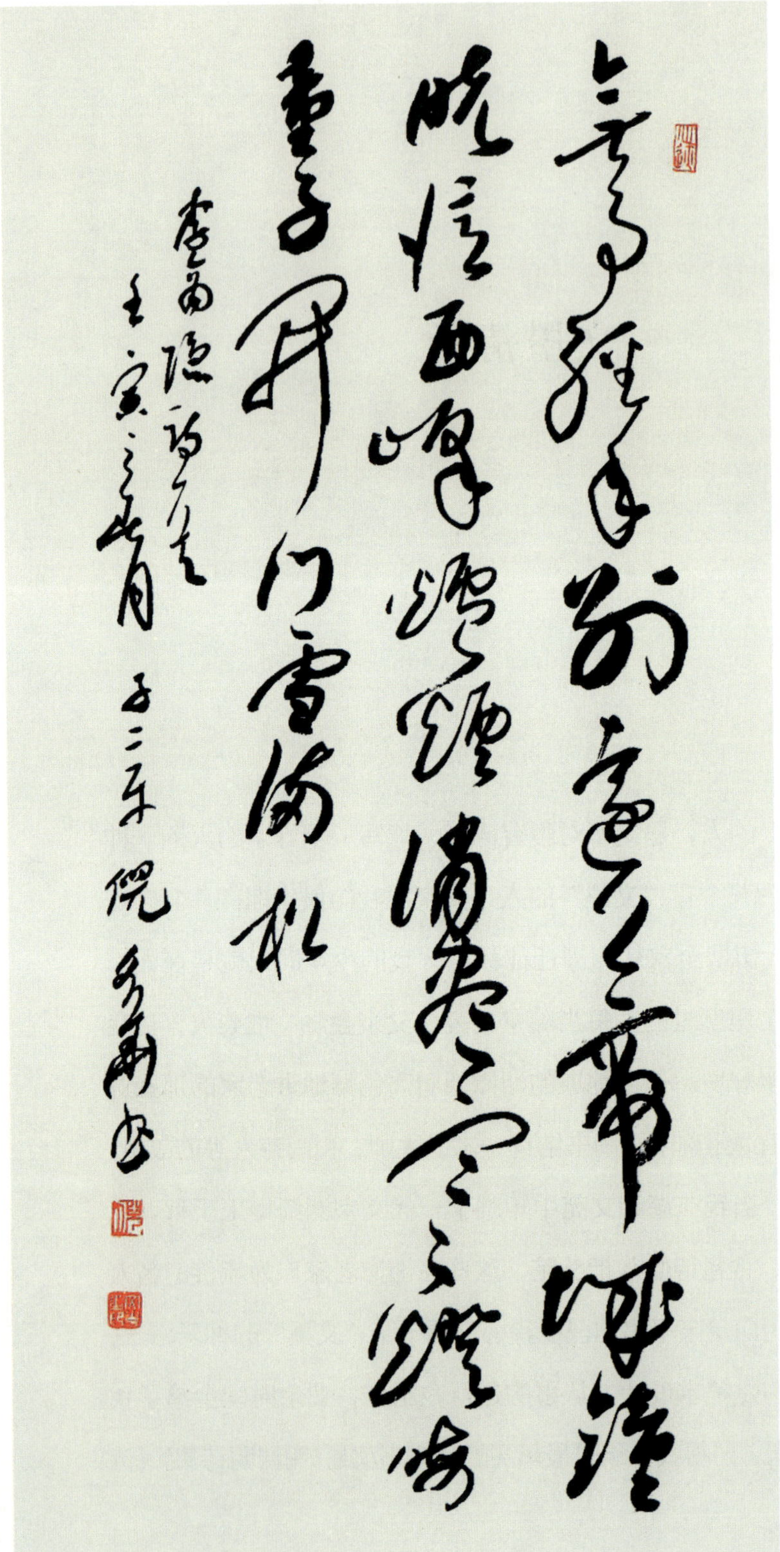

李商隐诗　138 cm × 67 cm

人李白》《唐诗三百首》等。诗意的浸染使我日后的临帖弄翰有了些许文气。

在三十多年的学书染翰过程中，我追慕过金文秦篆的“金石气”，心仪过汉魏唐碑的“庙堂气”，浸淫过晋韵宋意的“书卷气”，旁涉过明清的“浪漫气”， 游走在碑与帖的两极，识阴阳之变幻，察刚柔之极地。晋韵为宗，宋意为辅，唐草为养，抒情为象，写心为本。不论是习碑学帖，还是临楷挥草，自然而然地就表现出一种“文气”，流露出一种清华静逸之象。我喜欢用草书来表现唐李商隐“无事经年别远公，帝城钟晓忆西峰。炉烟消尽寒灯晦，童子开门雪满松”的诗意。也许，这也是缘于少年时围火守夜，开门见雪的记忆吧。虽然我从未见过壬秋公、白石翁，但他们就是我心中时常怀想的先贤“远公”。他们就是寒夜里炉烟消尽后的一丝火星，给我孤寂的心灵些许温暖。

文墨心中象，挥毫砚田香。忙过之后，最想做的事就是静下心来写字；累了之后，最容易解除疲劳的事是写字；醉了之后，挥洒心中豪情的还是写字。乐时写、忧时写、醉时写，在与文墨相守的时光里，消磨寂寞的是一副笔墨，啃食孤独的是一副笔墨，赚取豪情的也是一副笔墨。在青灯黄卷、石砚古帖的缱绻中，将才情付与字里行间点线变化的一波三折里，将生命激情倾泻于柔毫寸管搅动的古砚微澜中。沉潜在魏晋的风韵里，在那里感觉春花明月、流水曲觞、惠风和畅；回眸于唐人的深庭厚院，体味笔墨线条与家国情仇的慷慨悲歌，遥想

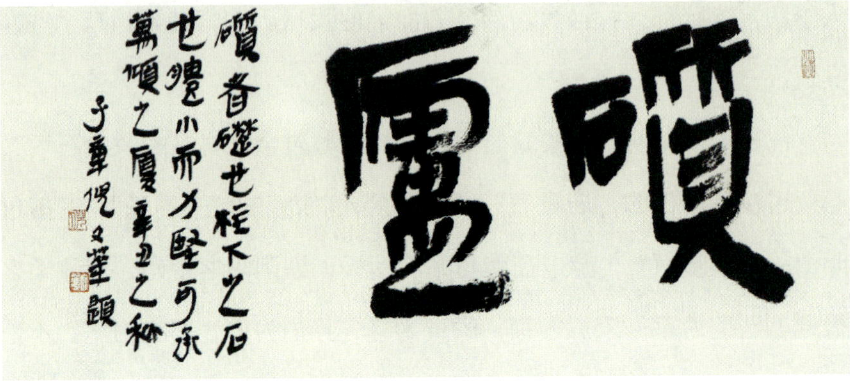

自题斋号“硕庐” 84 cm × 34 cm

盛世唐朝的恢宏奇宕；流连于宋人用人生况味写就的笔札翰墨，喟叹宦海沉浮中的超然适意；徘徊于明清诸子排遣胸中郁积而营造的墨团粗线里，感受到生命的张扬无常与国破家亡的深深悲情。

无论人生如何变幻，世事如何动荡，绵延不息的是“文墨”的火种、“文墨”的精神。

如见花开

湘女多情，湘女多才。如果形之于色，流之于彩，则如花开一般鲜活生动。

李彗就是这样一位女子。28 年前在学包装设计的同窗中，我最没想到的，就是当年戴着一双大大眼镜的文静女生会决然走上纯艺术路子，别家乡，下深圳，闯北京，一个人坚强地执着于此。

2018 春天如期而至的时节，她带着新创作的系列作品回湘办展。我在她发给我的微信美篇里，先行品赏了部分作品，眼前为之一亮。五年前，我去过她在北京的工作室，第一次看到了她大量的以黑灰色调为主的大件油画作品，陡然而生的是一种沉郁的心情。这种感觉一直萦绕于心。我想，那不是一个女子应该营造的调子，更不应该是一个女子的生命基调。但这次回湘的作品，无论是主题立意、材质肌理、表现手法、颜色质感、意境呈现诸方面，都有了全面的展开和深化。毫无疑义，这批作品是深具当代性的观念先行的作品，而且在“观念”艺术的样式之下，注入了中国文化的因子，运用了中国艺术诗意化的表达，契合了中国水墨艺术的意境，使之既有西画颜色、肌理的质感，又具有中国生命形式、思想图像及中国审美的意象构造。她拓展了绘画题材，表现内容更为丰富，自然物象、生命迹象、生活点滴、宇宙时空，成为她观照世界、表达内心的素材，对主题的阐释进入了自然而然的美学空间。她的表现手法更为多样，挥洒自由的行色里，图形不拘一格，图式不主固常，不受客观物象的约束，流淌出一种天然的律动，美丽而又梦幻般折射内心的痕迹，被赋予了妙不可言的生命迹象。看似漫不经心的构图，必然与偶然相遇，规整与漫漶交融，跳跃与静秘相杂；画面颜色的冷艳鲜明、含蓄飞扬、叠加交织，仿佛可听见画面深处空灵的回响。无论是排列有序的图形，还是如烟云流动的气势，在可控与不可控、“有笔”与“无笔”、有形与无形之间，形成了流动的节律，找到了一种混沌初开与无尽涌动的势能，获得了视觉的冲击和云意舒展的诗意，很好地转化了中国传统的气韵生动的美学原理。这是必然的天成，天成的偶然。这是一种女性画家天性的流露。

当我把目光停留在《灰度》系列作品时，我不得不惊叹于她对灰色的敏感与淋淋漓尽致的、不厌其烦的表现。灰色是中性的、无个性

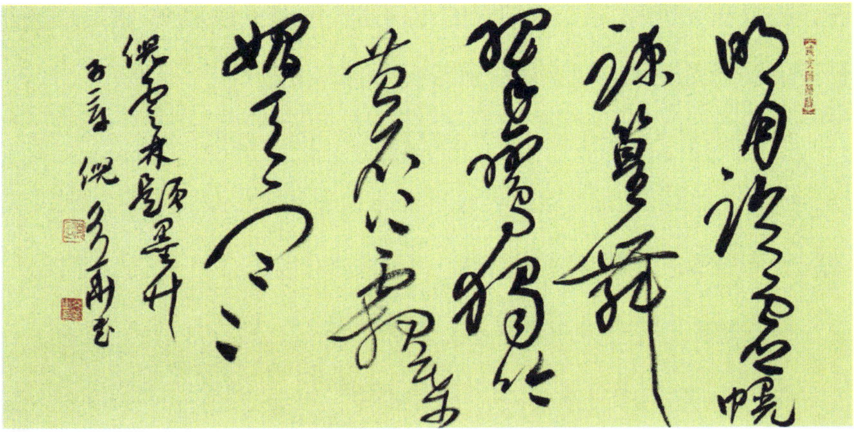

《倪云林题墨竹》 62 cm × 34 cm

的、温度指向不明的，而她却能以斑斓通透与恢宏热烈的画面呈现出《有温度的灰》《灰·50°》《灰度·黄》等，让我深切感受到丰赡生命的颤动，平淡生活里的激情昂扬。而《自由的态》犹如精灵的舞姿，于漫漶深处闪烁着的生命基因的温暖；《痕迹》系列里透出的宇宙观念、生命现象，用有别于科学的方式，以自己的目光审视宇宙、生命的另一种存在形式，对神秘世界给予直观的表达。而最让我浮想联翩的却是《荼蘼》系列，以及《流丹》《樱粉》《烂漫》等以花为意象的作品，静穆中透着灿烂，含蓄里跳跃着生命的激情，有盛开时的灿烂，也有凋零后的落寞，每一片花就是一个世界，每一片花就是一个故事，每一片花就是一种心情，摸不透，猜不着。这不就是苏东坡诗句“荼蘼不争春，寂寞开最晚”，还有任拙斋的诗句“一年春事到荼蘼”的意境吗？这层层繁复的斑斓空间里是否藏着女人的心事呢？

听《茉莉花》可闻花香，观《荼蘼》却见花动，如见花开。

如斯形色，荼蘼烂漫道觉中，可是妄测；

似此心怀，灰度自由禅悟后，当真欢欣？

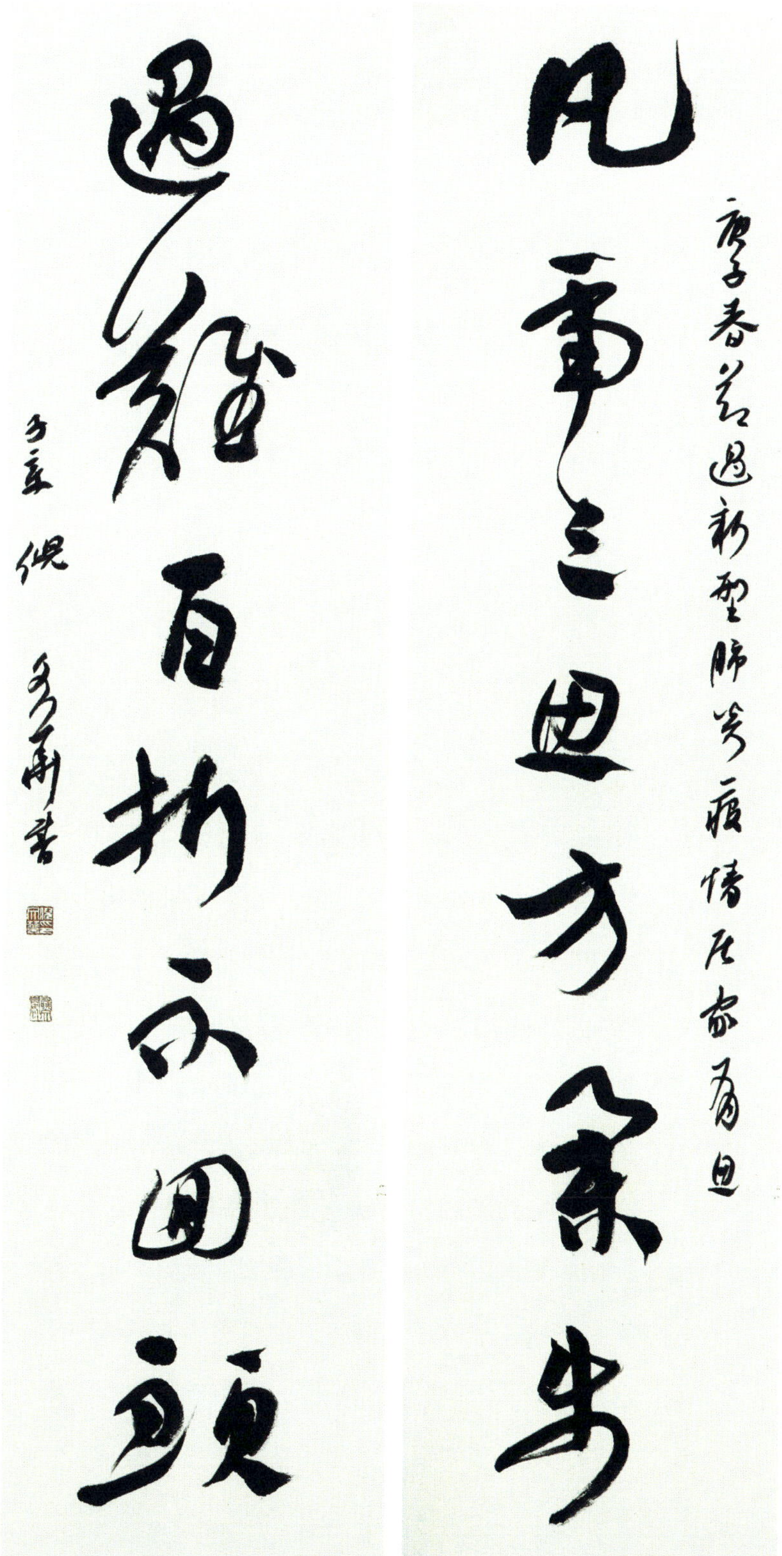

凡事遇难联　138 cm × 36 cm × 2

艺业臻美竞才藻

书法是一门入门易、提高难、花时多、成才少的艺术。有些人终其一生也只能在书法艺术大门外徘徊，不能识得书法真谛。故方向和方法是决定习书成功与否的两个重要方面。方向对了，你的努力是加速提速，方向错了，你的努力就是反向而行。方向对了，但方法错了，你就会徒耗大量时间，而收效甚微。对于一个还在打拼事业并没有充裕时间来打磨书艺的“半闲”之人，这两个问题尤显重要。

第一次见到新辉的字是在于 2009 年湖南艺术节书法作品展的评审中。这届艺术节有一批省内国展高手入展。有一件行书对联作品虽笔法稍显稚嫩、结体还较拘束，但有别于时风透露出一种干净劲健之美。这是自号“半闲”人的汨罗人朱新辉先生的作品。之后，我们相识、相熟，慢慢成为朋友，才知新辉还在打理两家公司，要为事业发展筹谋，要为公司上百人生计奔波。在商海弄潮中还能保有这份“半闲”之心悠游翰墨的人文情怀，实为难得。因此，我认为深具此种情怀之人，不是一时的附庸风雅，一时的趋利而为，定是出于少年时的人文淘染和发自内心地对传统书法文脉的基因传承。在时常的品茗论道中，感知了他少承家学，犹好翰墨的书法渊源，以及家遭变故，打工创业之艰辛，更感佩其事业稍成，倾心书艺，承继传统文化之情怀。

具此人文情怀，心慕汉隶气息，情系魏晋风度，就是自然之事了。从近期新辉的作品来看，他正在深入“二王”和汉隶书的学习。二王书法遒美妍逸的“书卷气”，汉隶书法的“庙堂气”，是学书的正途。习“二王”能知用笔之遒美劲健，结体之浪漫多姿，气息之流美雅逸，感会妙合自然之风韵；学汉隶而能识厚拙浑朴渊雅之大气，发铺毫运笔出锋之豪情。故沉浸其间，积以岁时，功性兼顾，自可动遵型范，妙合书契。新辉已能临创相通，雏具形貌。其集右军《兰亭序》联，学汉隶《曹全碑》联，皆流溢出清逸雅致之姿，线条流畅劲挺，清爽干净。唯内心明净、情真意诚之人方有此心境表达。与之相交，敬师友朋，真诚慷慨，真人生幸事也。

书法技巧需要长期精研深磨才有寸进，由技进乎艺、再进乎道，就不仅仅是技术的问题了，而是才情、修养、阅历诸多因素综合而成，需穷尽一生而为之。新辉在精技之初心性自然流露，弥足珍贵。

在以后的学书历程中，一手伸向传统经典，取精用宏，融会贯通；一手伸向生活，吐纳风流。将人生历练的丰厚积累化于点画结构之间，展现在铺毫落纸之时，又把书法的哲理意趣反哺于经纬之业。我想，艺业并美，人书俱老，当不负时代、不愧人生。

粉墨丹青俱风雅

中国戏曲是中华民族创造的载歌载舞的艺术形式，它卓然特出，雅俗共赏，既古老又现代。戏曲之名发端于王国维的《戏曲考源》《宋元戏曲史》等著作，此前多称为“南戏”“杂剧”“传奇”。王国维给戏曲下的定义是：“戏曲者，谓以歌舞演故事也。”百年前西方的歌剧、舞剧、话剧引进中国之后，“戏曲”一词就专指与话剧、歌剧、舞剧相区别的我国的民族戏剧样式。而“梨园”是专指戏曲这个“大家庭”。

戏曲的发展历史悠久，历经兴衰起伏，从宋元杂剧到南戏，明清传奇及清代、民国的花雅之争，各声腔剧种蔚起，到现在已进入了一个繁荣发展期。戏曲集文学、音乐、舞蹈、表演、美术、杂技、武术、工艺、灯光于一身，承载着我国悠久历史、生产生活方式、民族性格、宗教信仰、风俗习惯、道德情操、审美崇尚、哲学观念、文学艺术等内容，是中华文明标志性文化符号。看戏过大年，看戏办喜事，曾经是上至帝王将相下至贩夫走卒的重要生活内容和娱乐方式。勾栏瓦肆、茶园戏庄曾经是市井民众流连获智的课堂，接受道德教化的圣地，娱情悦性的乐园。戏曲在塑造民族性格、陶染社会风气、导人向善、引人致美等方面起过巨大作用。

戏曲是中国独有的艺术形式。帝王将相、英雄豪杰、才子佳人内容的传奇性，载歌载舞的综合性、无中生有的虚拟性、讲究规矩的程式性的审美特征，传神写意的创作方法，迷离惝恍的神秘色彩，一体万殊的艺术形态，三五步海阔天空，一翻身云山雾海，剧情一波三折，时空自由流转，起承转合，移步换景，令人神醉。

作为戏曲的姊妹艺术，中国画自有其独特魅力。二者呈现方式不一样，表现手法不一样，工具材料不一样。戏曲是三维呈现的空间艺术，国画是二维呈现的平面艺术。戏曲是集众智众美众力而成的大综合艺术，国画是集个人之力而完成的小综合艺术。但作为中国独有的艺术样式，二者又有许多相通之处。那就是历经数百年的无穷变化，也始终坚持不变地以程式规范为本体的表现方式和传神写意的美学特征。二者共通的规律是图“真”、扬“善”、尽“美”、写“意”。

成熟的艺术形式总是具备某些程式化特征。程式化是艺术家通过提炼加工自己对物象的感受，使之成为的艺术语言，是对自然物象的条理化、简捷化和理想化。它将生活的真实与艺术的真实紧紧地联系在一起。图“真”，就是将生活动作经千锤百炼转化为程式化的艺术动作，就是坚守程式和规范。正如贡布里希所说，艺术家必须在前人的认知体系上掌握语汇，从程式化的表现技法入手，才能逐渐学会描绘现实，表达情感。当程式与戏曲动作相结合，就形成了以手、眼、身、法、步、唱、念、做、打、舞为特征的戏曲表演体系；以一桌二椅、一扇一鞭为象征的时空呈现方式；以生、末、净、旦、丑为特征的流派发展方式。一个出场、一个亮相，都有规定动作。从声腔，从大的皮黄、板眼，到具体的梅派、程派、尚派、荀派、张派、谭派、余派、杨派，是有各自特色和本质规定的，犹如“戴了镣铐跳舞”。

当程式与笔墨相结合，就形成了中国画的词汇、语法。国画用笔之勾皴点染、提按顿挫，腾挪绞转，笔笔有法；章法布局之虚实相生，计白当黑，开合亦有讲究；立意之应物象形，以形写神，到不求形似，遗貌取神的纵心写意，都有法可循。如国画人物画，形成了吴带当风、曹衣出水等线条表现方法，还有山水画里的大斧劈皴、小斧劈皴、披麻皴、米点皴、荷叶皴、云头皴、折带皴等众多山石的皴法。皴法也成为一个山水画家个人风格的重要参考。在墨法黑白象限之间，打造了积墨法、破墨法、焦墨法、泼墨法、宿墨法等程式，既丰富了表现力，拓展了不同技法，也成就了国画艺术的本质特征。

程式所具有的指示性和象外之意都需要中国传统文化、思维习惯、审美观念等多种因素共筑的接受土壤。程式的稳定性是戏曲和国画能够传承持续发展千年的重要因素。

传统戏曲其故事大多为表彰忠义、鞭挞奸邪的扬“善”主题，如“三国”“杨家将”“明英烈”“清忠谱”，等等。它有着强烈的“成教化、助人伦”的戒恶扬善的意义。晚清的刘廷献认为“传奇堪比六经，虽圣人复起，不能舍此为治”。以戏化人，以戏冶情，以戏陶染风气，成为治国理政之必要。遍布乡村集市的老旧戏台子，虽然现在大都破败不堪，但依然可以想见过去演戏观戏的热度和广度。看戏可激发起观众大到“杀身成仁”“舍生取义”，小到“施以粥饭”“救他饥渴”的社会担当和责任。即曹植所谓“见三皇五帝，莫不仰戴；见三季异主，莫不悲惋 ；见篡臣贼嗣，莫不切齿；见高节妙士，莫不忘食；见忠臣死难，莫不抗首；见放臣逐子，莫不叹息；见淫夫妒妇，莫不侧目；见令妃顺后，莫不嘉贵”。传统国画虽以山水、画鸟、仕女画见多，但林泉丘壑，烟淡云轻，萱花荷柳，瘦鱼白鸟，樱眉柳腰，蹙眉颦心，笔墨濡染之间，点画纵横之际，亦寄以天下忧乐、人间至情。

传统戏曲的表现形式主要是唱念做打的歌舞程式，或豪迈或婉约，无不尽壮美、优美、凄美之能事。生旦净末丑既审堂皇曼妙、温婉激越之“美”，亦审滑稽诙谐，幽默风趣之“美”。至于灯服道效之衬托，器乐帮唱之烘托，道具布景之虚实，是时间和空间，文学和表

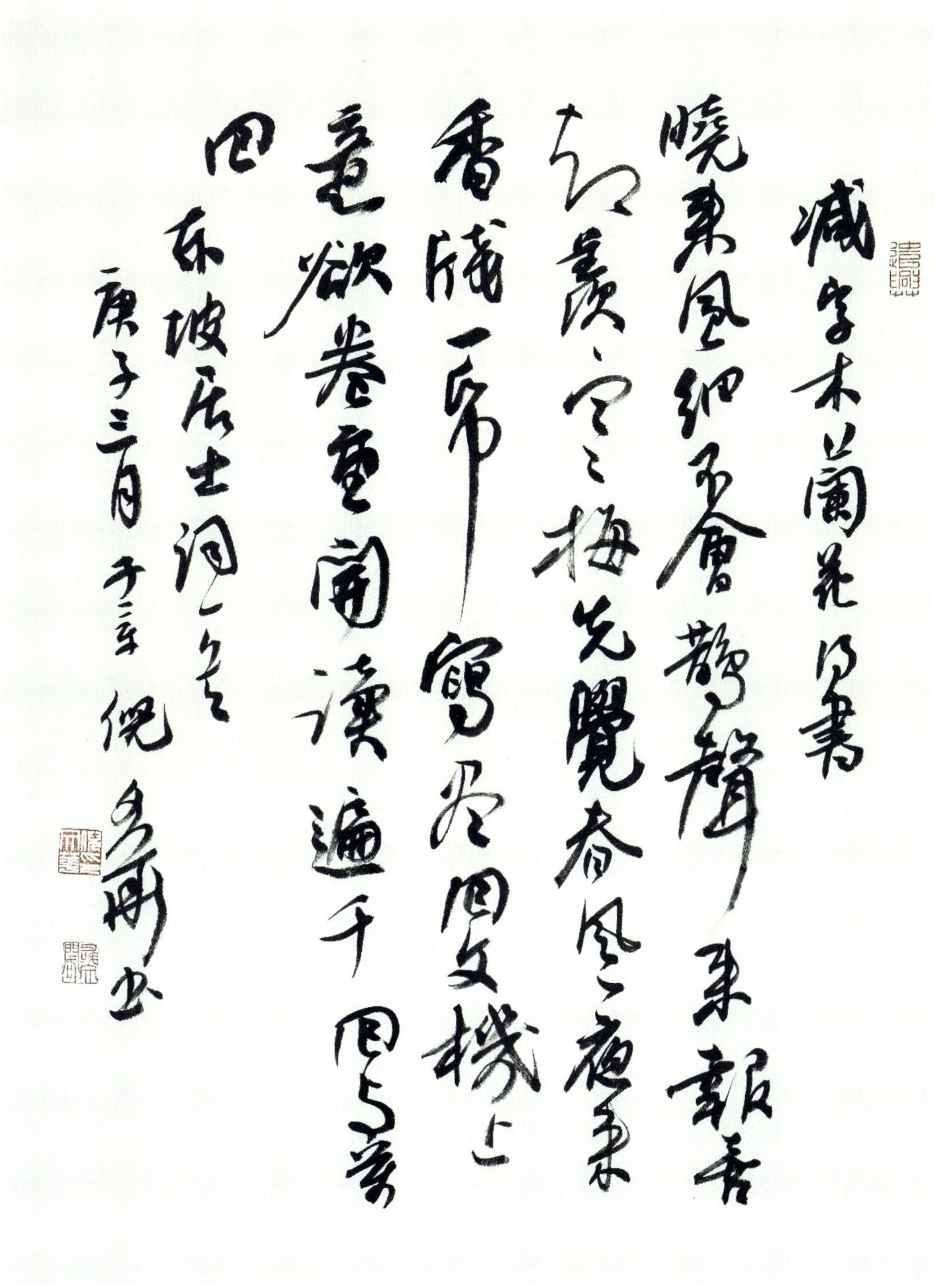

苏轼词《减字木兰花·得书》　68 cm × 48 cm

演，音乐和舞蹈，工艺和灯光的综合，从而让戏曲呈现听觉、视觉之饕餮盛宴。国画系绘画、书法、诗文和印章的综合，尺幅之间可展万千丘壑流泉，上下天光云影，色墨交融，气象堂皇。

戏曲、国画皆集真善美于一艺。而“写意”精神的传承是艺术本体延续的内核所需。写意即是写心，泻心中块垒，达心境之源。从以形写神、悟对通神，逸笔传神、形神兼备等描绘中，可以看出中国艺术都离不开抒情、表意和写心。中国写意精神既表现在程式化的艺术法则中，也表现在艺术语言的意象形态上。写意首先是状物之“生意”，是于心与物通，在于人与天合，写物之生意与心之深意之交融。戏曲里以一支蜡烛于光明朗照中表示伸手不见五指的黑暗之夜，以叩门、推门、迈脚的动作表现屋里屋外的空间变换。国画里“留白”的空间布局，既是形式需要，又可表现云蒸霞蔚，江河湖海，或表现浩浩渺千里，皆可谓 “以少少许胜许许多”的大写意手法。大写意是中国文化里宇宙观、自然观和时空观的一种艺术呈现，是中华审美的风范所系。

湖南是戏剧大省，有十九个剧种，谓之“十九和弦”。昆曲、京剧、湘剧、花鼓戏、祁剧、汉剧、巴陵戏、阳戏、辰河戏、傩戏、苗剧，等等，风姿独特，绽放艺林。

三湘大地之众多声韵，风雅了一方水土，婉约了一方人文，陶冶了一时风尚。田汉、欧阳予倩、张庚等湘籍艺术家成就骄人，声名远播，影响至深；花鼓戏《打铜锣》《补锅》《双送粮》风靡全国，一时绝响；湘剧《马陵道》、花鼓戏《老表轶事》荣获国家最高奖“文华大奖”；湘剧《月亮粑粑》、花鼓戏《桃花烟雨》入选国家舞台艺术精品工程。

近年来，湖南大力振兴地方戏曲，复排了一批优秀经典剧目，如湘剧《拜月记》《生死牌》《琵琶记》《招贤记》，花鼓戏《刘海砍樵》《讨学钱》《喜脉案》《连升三级》，昆曲《白兔记》，京剧《大闹天宫》《对花枪》，祁剧《目连救母》、汉剧《刘备招亲》，等等，又新创了一批具有浓郁生活气息和鲜明湖湘特色的优秀剧目，如湘剧《楚辞》，花鼓戏《蔡坤山耕田》，京剧《梅花簪》《辛追》，昆曲《湘妃梦》《乌石记》，皮影戏《人鱼姑娘》等。一时梨园竞芳，弦歌蔚起，舞台夺目。

一批“湘戏”出湘入海，走出国门，在广阔的空间里展现“湘戏”风采，成为传播中国优秀传统文化，了解中国的一个重要窗口。想象飞腾的传奇故事、虚实相生的舞台表演、色彩艳丽的戏曲服饰、神奇怪诞的戏曲脸谱，引起多少海外观众和海外游子的景仰与遐想。

用“国画”来表现戏曲，这是将中国独有的最具风雅的两门艺术国粹联系在一起。现今集聚湖南的一批国画人物画艺术家正在进行戏曲人物画的创作，为十九个剧种不同的剧目画像。国画与戏曲同框，笔墨与粉墨交辉，风雅千年，与天同光。

书法的古意

当下，在展览机制引导下的书法创作，更多地呈现出现代性、时尚性、视觉感，色彩、拼接、装饰等充斥展厅。但是，在目不暇接的多彩形式里，书法的初心却丢失了。当我们重新审读古典书论和经典作品时，古意的风格审美彰显的是一种久违的陌生感。看多了线直体妍的时尚书法，我们对古意的审读显得茫然无绪，不断地“刷屏”，也难以探寻古意的幽趣本意。多年来，我一直沉浸在汉隶的风花浪卷中，体验古意的简静质朴纯深之美，然而却深深感到古意难寻、古意难学、古意难得。

我这里所说的古意，与诗意、书意、画意相通。“意”是意念、意趣、意致等感觉方面的因素。而“古”者，其本质是历史的邈远，生命的苍茫，呈现出幽然深远、味之无极的境界。

在中国书法史上，书法的“古”“今”之别有着特定的历史阶段，汉魏之“古”与东晋之“今”，是以“二王”时代为界线来分的，其时代风格界线即“古质而今妍”。

崇古是学书之人的普遍心理，而“古”的内涵又极含混且因人而异。在古人一系列的书论中，对“古”的表述很多，如高古、奇古、雄古、淳古、古朴、古拙、古雅、古致、古质、古怪、古劲等，“古意”附加上其他意义后，更显扑朔迷离，难以捉摸。学书“循源取法”，首要明书法“古意”之源。

虞和《论书表》：“夫古质而今妍，数之常也；爱妍而薄质，人之情也。锺、张方之二王，可谓古矣，岂得无妍、质之殊?”

萧衍《观锺繇书法十二意》：“元常谓之古肥，子敬谓之今瘦，今古既殊，肥瘦颇反——肥瘦古今，岂易致意?”

陆行直说：“钟繇《荐季直表》高古纯朴，超妙入神，无晋唐插花美女之态。

窦蒙《述书赋语例字格》：“超然出名曰高，除去常情曰古。”

米芾《海岳名言》：“书到隶兴，大篆古法大坏矣。篆籀各随字形大小，故知百物之状，活动圆备，各各自足。隶乃始有展促之势，而三代法亡矣。”

蔡襄《论秦汉金石》云：尝观石鼓文，爱其古质。物象形势，有遗思焉。及得原甫鼎器铭，又知古之篆字，或多或省，或移之左右上下，唯其意之所欲，然亦有工拙。

欧阳修论书有云：“今虽隶字已变于古，而变古为隶者非圣人，不足师法，然其点画曲直犹有准则，——书虽末事，而当从常法，不可以为怪，亦犹是矣。”

宋时李昭《跋三代款识》云：“昔韩退之作《石鼓歌》，以为俗书失之姿媚，亦至论也。纡余鲜妍，粲然动人，无复高古之遗态，此姿媚之过也。”

宋董卣《广川书跋》：“至于分若抵背，合如并目，以侧映斜，以斜附曲，然后成书，而古人于此盖尽之也。”

清王澍论书有云：“盖自曹氏篡汉后，书法便截然分古今，无复汉人高古肃穆之风。犹羲之书《兰亭》，破坏秦、汉浑古风格，为后世妍媚者开前路。”

清包世臣《艺舟双楫》：“古帖之异于后人者，在善用曲。”

从以上诸家之评，可以看出，“古”和质、肥、朴、曲穆等相联系，“今”和瘦、妍、姿、媚、美等相联系。“古意”源于大篆，流觞于两汉隶书。大篆汉隶形方、笔重、气厚、线曲、意深。但并不是所有篆隶书都是深具古意的。篆、隶书在演变过程中有一个从简净向烦琐、从质朴向整饰、从率意向工致的转变。从书法史的发展演变来看，饶有古意的作品大都产生在书体嬗变交替之时。如篆隶交替时期的《莱子侯刻石》，就具有以篆为隶的审美特征。杨守敬《评碑记》对其评价：“是刻苍劲简质，汉隶之存者最古，亦为最高。”隶楷相交之时的晋碑《爨宝子碑》《爨龙颜碑》，楷中透着隶意，既有个性又具高古之美。故隶中含篆意，楷行草中寓隶意，则浑穆渊深、古意浓郁。从篆隶书形态看，大篆如《散氏铭》《毛公鼎》等，质朴生拙，苍茫浑厚，意态纵横，极少装饰，曲意浓古意就浓；甲骨文、秦小篆等虽经时间的磨砺残泐锈蚀，自具古意，但因结体工整瘦长，对称匀停，用笔精细婉约，圆润流畅，玉筋铁线已成篆法极则，其装饰性已超乎古意美。同样，隶书中一批具庙堂气的碑刻，以及唐以后的诸多隶书都因其注重装饰性而弱化了古意的表现。清时就有识者认为“隶以含古意者为佳”。《曹全碑》《夏承碑》虽有古意却以奇姿胜；《史晨》《乙瑛》《礼器》等碑庙堂味重，以肃穆胜；《张迁》《鲜于璜碑》等亦古厚，却以拙胜；《石门颂》《西狭颂》《杨淮表记》《衡方碑》等形阔意曲以古意胜。

妍美书风盛行以来，学书者不知凡几，能得古意者寥寥。对古意的把握要深入到经典作品中，去抽厘出暗含古意的元素，找到古意的踪迹。正如王弼《易略例·明象章》所言：“意以象尽，象以言著，故言者所以明象，得象忘言；象者所以存意，得意忘象。”又云，“尽意莫若象，尽象莫若言。”是说“意”必须通过“象”来显示，“意”只能由象来表达。因此，这里结合笔者自己临习不同碑帖，以及留意于此的一些个人经验，以汉隶书《西狭颂》为个案，探讨“古意”之“象”的呈现方式。

“古意”之外在形式表现之一，就是残缺断损、漫漶斑驳的“模糊美”“残缺美”。

“古意”之外在形式表现之二，纯用篆字。《西狭颂》保留篆书的字有很多，如促、咏、于、都、讳、继、幼、而、爱、以、乃、懿等字，基本是篆书的写法。

“古意”之外在形式表现之三，借用篆书的偏旁。《西狭颂》借用篆书的偏旁有经、约、缘、继等纽丝旁，寅、宁、安、宾、守、审、容、宿等盖头，悦、惟、惴等竖心旁，都抱耳旁，大都以篆法为之。

“古意”之外在形式表现之四，运用篆书的笔致。大篆线条圆厚屈曲，浑朴沉雅。《西狭颂》大量应用了篆书的笔意，如嵬、寅等字。

“古意”之外在形式表现之五，表现出篆书的高古气息。最高境界是化有形为无形，化无形为有意，流露出篆之高古气息。

形阔笔重、方整厚健、博雅沉雄：都、过、穆、礼等字。

抬肩阔下、上紧下松、偏旁同位：李、翕、姿、郑、黄等字。

直中寓曲，方中寓圆，平中见奇：而、宿、安、以、嵬等字。

刘熙载《艺概》云：“颜鲁公书，自魏晋及唐初诸家皆归隐括，东坡诗有颜公变法出新意之句，其实变法得古意也。”我们探寻“古意”是因为古意中暗含着诸多现代性的因子。汉魏的建安风骨，唐初的诗歌复古，宋时的古文运动，清时的北碑复兴，都以追寻古意为通道来重建风骨，开启新意。当代的书法创作亦可通过“古意”的开掘，不断增强书法创作的审美厚度。

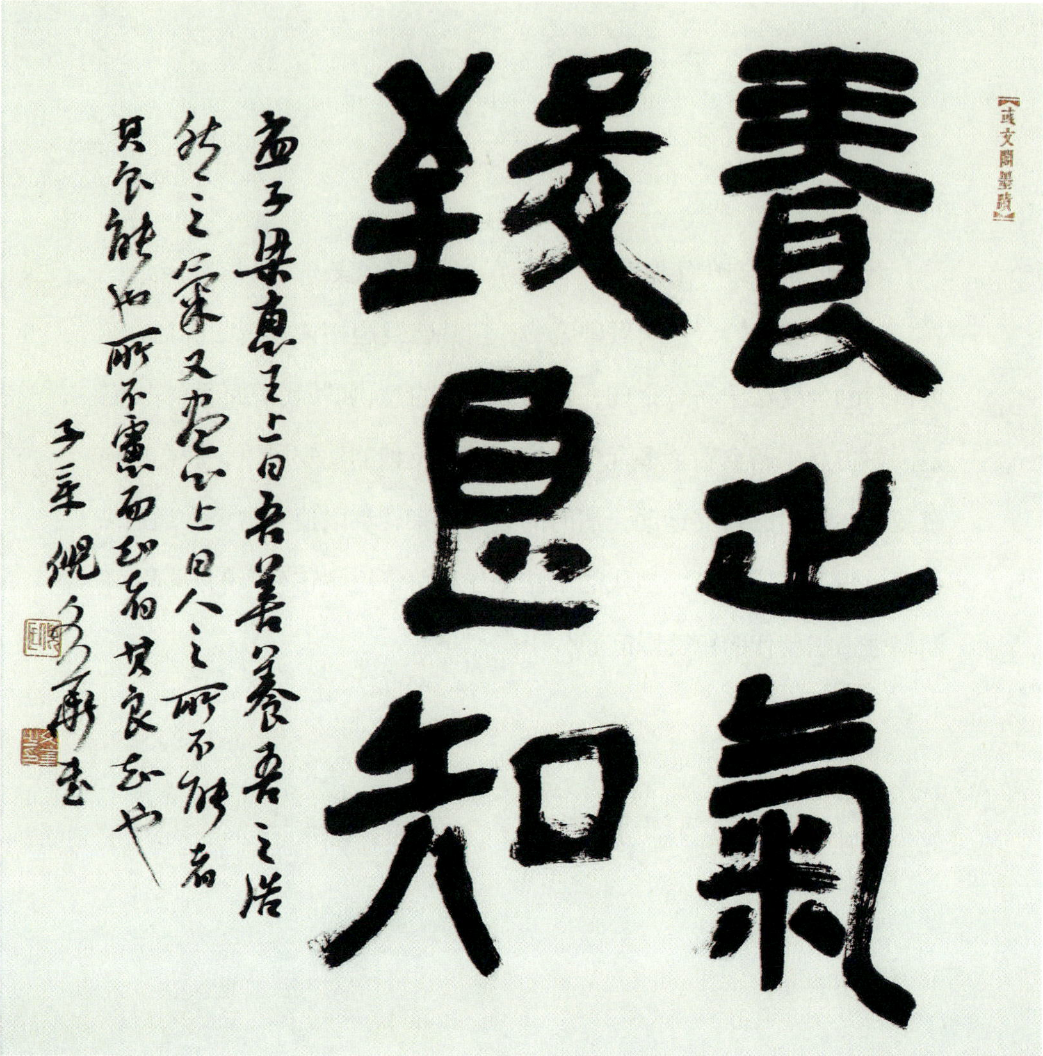

《养正气 致良知》 68 cm × 68 cm

不朽唯此兹

巍巍华夏，衮衮华胄，倪氏一族，源远流长，同宗同祖，血脉相连，天下一家。自古郳国丰干发枝，倪氏一族花开南北。历代英才辈出，世人景仰。带经而锄的汉相倪宽，风化兴行的唐相倪若水，博学多才的经易大家倪茅冈，画坛圣手倪云林，著作等身的倪士毅，翰墨英雄倪元璐、政事艺业双清的倪文蔚，等等，历朝历代皆有杰出人物，无不盛名流芳，彪炳史册。近百年来，我倪氏一族奋力自强，在不同领域各领风骚。

浩浩黄河，滚滚长江，华夏文明，博大深沉。而得诗、书、画三绝者，首推倪元镇公。吾国绘画，渊源有自，千数百年来，流派林立，代不乏贤。洎乎南北，哲匠间出，风格迥异，自成风范。山水一途，自唐阎立本发端，经五代荆、关、董、浩一变，至南宋李、刘、马、夏又一变，有元一代，倪公与黄公望、吴镇、王蒙合称元代四大家。倪公其画，施以平远之法，多绘枯木竹石茅舍之景，极简笔墨，格调高雅，意境萧疏，营构出“有意无意，若淡若疏”之简逸荒疏一派，韵高意远。展读其名迹，更觉其法如镜花水月，长天清水，茫宕无际，不可把捉。不仅是倪氏家族中的杰出代表，更是山水画宗开山立派的大家。其书法“从古散隶酝酿而出，有缥缈不凡之概”，并能“颓放自然的自立门户”，形成了耐人寻味的旷逸清淡书风。其书画之外，还博学好古，颇擅诗文。其诗幽深闲远，音淡而和，味隽而永，天真平淡，含蓄蕴藉。其诗书画语言同构，气息相通，相得益彰，是为千古大家。倪云林生活在一个动荡的时代，致其弃家避兵笠泽，困居“蜗牛居”。在“灯影半窗千里梦，泥途一日九回肠。此生传舍无非寓，漫认他乡是故乡”的艰辛里，他仍然发出“民生惴惴疮痍甚，旅泛依依道路长”关心民疾的悲悯情怀。他在生命的河流中流转无定地漂泊，风雨急浪，贫病交加，却一直秉持不喜不怒、哀而不怨的儒雅风度，将情感心思、人生态度全部安放在简淡旷逸的诗书画里，在晚年树起了中国山水画史上的一座高峰。

2021 年是倪公云林诞辰 720 周年。“参天之木，应有其根；环山之水，必有起源。”溯本追源，仰遵先贤，实为华夏之美德，家族之荣光。敦宗睦族，共振家声，系吾辈不辞之责。“不辞笔砚酬嘉会”，今倪氏之文艺俊才高贤数十人，以“诗意云林”为主题，书写其诗词，用笔墨丹青来追念先贤，含弘光大其高风坚质，为倪氏家族敬奉一瓣馨香，为中华文化贡献一份力量。

历史启迪我们，时代召唤我们。吾辈生逢伟大新时代，更须坚定文化自信，传承文化，赓续文脉，与时代同步伐，与民族共命运。家国昌盛，家族兴望；文艺复兴，诗书不朽！

砥砺锋颖

作为一名钟爱书法艺术的国家公务员，我深知公务员学习书法之不易。公务员事务忙、任务重、责任大、规范多，学习书法的时间有限，而且难有外出学习机会。国展、省展又因是专业书家竞技之所，处在“业余”状态的很多公务员虽临习书法经年，却无缘参展。为了响应日益壮大的公务员书法群体急需一个可以展示才情、提升书法水平的平台和通道的呼声，全省公务员书法大赛在一批热爱书法的老领导和部门负责人的倡导下顺势而起，应时而生。

从第一届全省公务员书法大赛起，连续三届，我始终参与了策划、组织和评审工作，亦知组织此类活动之不易。启动之初是组织工作不易。书法大赛面对的是省市县各级党政机关的书法爱好者，把这些分散在不同地方不同单位的公务员组织起来，没有联系网络，没有组织抓手，难度可想而知。不过，我们没有退缩，硬是凭一股霸蛮的劲一家一家单位去跑，将省直十多家单位拉进来作为主办单位，终于撬动了沉寂了许久的全省公务员书法板块。然而，第一届全省公务员书法大赛征集到的作品并不尽如人意，作品书体单一、风格单调、形式陈旧，既给评审工作带来了难度，也制约了展览的整体质量。这一届大赛一个最大的收获就是真实地反映了全省公务员书法学习的现状，看到了当前公务员书法学习方面存在的问题。我认为问题主要有三个：一是对书法的认识比较模糊，对书法的基础技法、艺术规律、审美取向等缺乏系统、准确的认知；二是学习书法的路子非常窄，视野不开阔。所投作品中以“欧颜柳赵”楷体为多，众多经典法帖未有涉猎；三是书法的基础技法欠缺。书法是一门实践性强、技法纯度高的艺术，没有深入的临帖，难有技法的支撑，任性挥洒，大都是油滑失范，面目可憎。

最大的不易是公务员书法水平的提高。举办书法大赛，目的是提高公务员书法群体的创作水平。因此第二、第三届公务员书法大赛的重点就是在提质上做文章。第三届大赛征稿期间，大赛组委会办公室组织了多期培训班，延请省内部分知名书法家上课示范，为全省有志于提高创作水平的公务员书法爱好者又搭建起一个新的平台，使公务员书法大赛的底色更为鲜明。同时在作品评审方面更为严格，按照创作要专业、水平要整齐、质量要保证的原则，不照顾、不勉强，确保了入展作品的高质量。对评为优秀的作品进行面试，对代笔、抄袭的作品“一票否决”，确保评审的客观公正。这些环节的设计与国展、省展对接，有助于公务员书法创作的专业化提升。

一项好的创意要有好的团队来执行，一个好的活动要持续办下去，要有好的机制来做保障。全省公务员书法大赛每两年举办一届，历六年而得以成功举办三届，实属不易。我以为最值得推重的就是它的运行机制。政府主导、部门联动、协会协同、公司运作，激发政府部门的强有推动力，依靠协会评审的导向力，发挥文化公司的灵活执行力，有力有序助推大赛在预定的时间的节点上发出共鸣和声。

书法艺术需要天分与勤奋来合成，勤奋是需要时间的积累，天分是与生俱来的艺术感受力和顿悟的能力。一项活动要打造成可持续发展之品牌，同样需要时间的检验和品质的提升，更有待于公务员队伍中的书法爱好者用才情，用激情，用柔中寓刚的笔锋去荡开一片新境界来印证我们共同的期望。

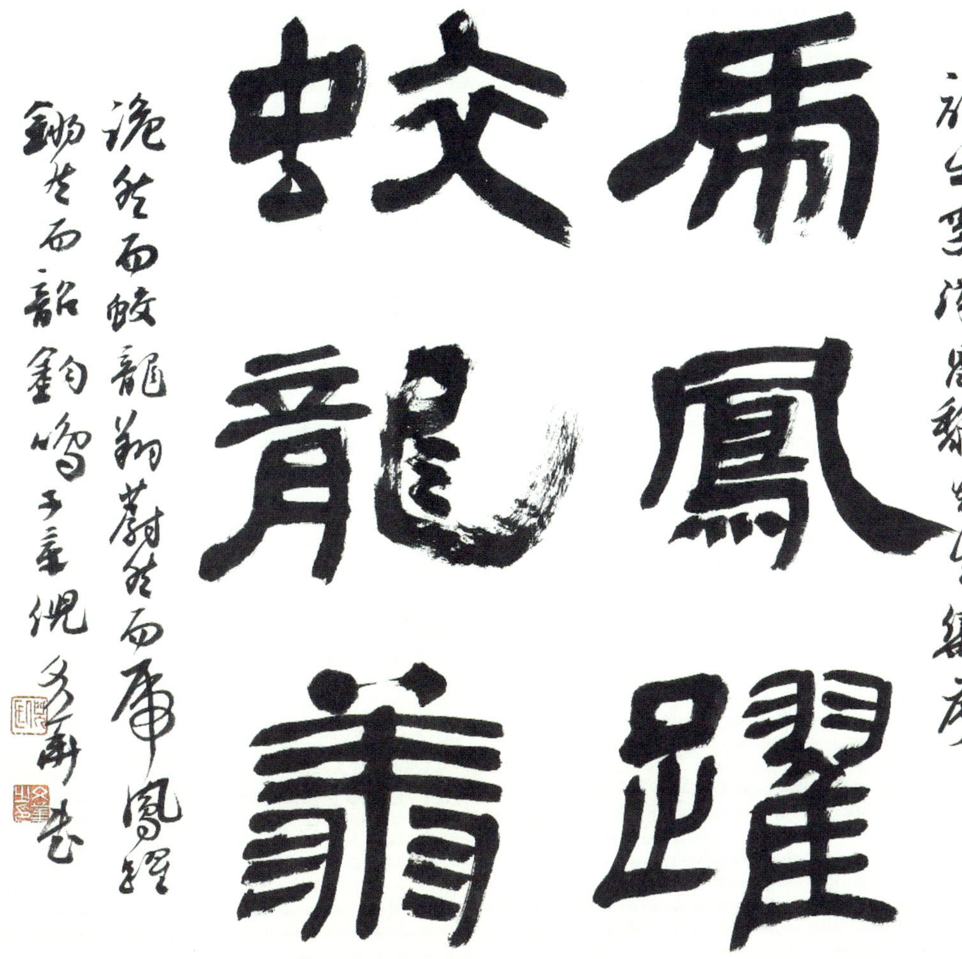

《虎凤跃 蛟龙翔》 68 cm × 68 cm

且如花萼振

我以为，名字之于人是有某种暗示作用的。我的名字不是父母取的，也不是爷爷奶奶取的，而是第一个看见我并接我来到世上的一位叫“邓大姐”的接生医生给取的。这位“邓大姐”是母亲生前嘴里经常念叨要感恩的一个大好人。涉世既深，方知以文华两字命名者多矣，以文华命名而擅文艺者亦多矣。然与知名书法家燕山刘文华先生同名，乃可遇不可求之缘分。敬邀办展首为尽同名之缘也。

刘勰有言：“知音其难哉！音实难知，知实难逢，逢其知者，千载其一乎。”刘文华先生生长于北京近郊燕山脚下，我生长在逶迤南岭骑田岭中。皆从小染翰，执念笔墨，同好汉隶。不期相遇，对我多有激赏鼓励。尤记得先生七八年前在其弟子所办湘女楚韵艺术馆点评我之行书，多有褒奖。这次先生应邀来书道湖湘讲学，见我之隶书又不吝加以肯定。可能是因为我俩与生俱来都有山之稳重耿直性格，又具真诚率意之性情，移之于书艺，则审美取向皆好沉雄渊雅、宽博正大、奇宕豪放的汉隶风华。同名、同好，同向，“知音君子，其垂意焉”。敬邀办展次谢知音之赏也。

很早便知刘文华先生以隶书获全国大奖，又长期供职于中国书法家协会培训中心，专事书法研究和教学，创作领风骚，桃李遍天下，于书坛声誉甚隆。我因公务繁忙，从未脱身专事书法，一直以厚古爱今的态度，以干好工作又不废笔墨的精神坚持书法研习。而刘文华先生的隶书就是我习书过程中对标借鉴的他山之玉，受益颇多。敬邀同展，更是期望能以其为标杆，查己之不足，启书法之妙道，究汉隶之高境。

《易·革》曰：“大人虎变，其文炳也；君子豹变，其文蔚也。”又曰，“物相杂，故曰文。”故“文“之深意实乃”变“之谓也。长我十余岁的刘文华先生“仍不满足对艺术的期盼”，认为此展“权当是起程之举与消化之作”，其花甲后求变之心境于此可见。我亦必借展发力，让知命初度的后半百年华仍如花萼振，孜孜以求形变、神变、气变、境变，竭尽书家之能事。

文质相符，情彩相应，是谓文华。焉能辜负。

浯溪雅集记

岁在甲午，时序仲夏，湘江潮涨、麓山娇娆。省文化厅襄举盛事，设坛延师，开班研艺，聚湖湘俊彦于星城，聆课议楮，谈古论今，取会风骚，激浊扬清，蔚为彩藻之华，艺林之美。

夏至前一日，移聚祁阳，会于浯溪。此地有郁蒸之气，江风之凉。实登山临水之去处，信静心养神之福地，诚思古览翰之佳所，真江山胜景，人文奇境也。时雨霁风和，荫浓径幽；溪涨声重，江急浪高；竹木蓊郁，花草映壁；石润苔藓，痕深字古。闲步碧树青岩之下，踌躇三绝堂之中，流连浯台之上，登临送目，抚石追远，临风放怀。敬陶公铸之忠直，赏镜台铭之精灵，慑鲁公书之雄肆。感会次山妙文美意，心慕平原忠烈巨擘。石与天齐，文共水长，字辉日月。震古烁今，惠扬寰宇。畅游于此，可寄意山水，思接千载，忘怀身心之劳，屏息名利之想。可道养正性，澄莹心神，润生灵惠。乐甚至哉！

次日，布笔阵于浯溪之畔。鑫利大殿，堂宽室敞；银毡素碟，管弦丝咏；佳丽环侍，墨香盈袖；挥毫落纸，众妙攸归。浯溪之会，启湖湘之风雅，增人文之美意，助翰墨之隆兴，化文育才，淘染风气，功之所在焉！有感于此，不可使之有遗书策，故晨起记之。

雨夜读碑会古意

乙未岁末，阴雨的天气又如期而至，湿漉的空气里弥漫着沉郁的气息，繁华星城深藏在一片若隐若现的厚重中，更显出一种风姿绰约。一个人静居在望湖堂抚碑临帖，人到中年的况味有如这雾霭中的气息。与这种况味叠加的是那种经历千年风吹雨淋、日晒冰蚀，呈现出漫漶斑驳的大汉隶书。我喜欢在有雨的季节里临习汉隶。春雨飘洒江天时的绮丽，冬夜寒雨敲窗的寂寥，都会让人陡增思古之幽情，让内心贴近一千八百多年前汉隶风回浪卷的意境。

透过漫漶斑驳的石花肌理，情思深入久远的碑刻之中，品味刀刻和时光留下的痕迹，体会着斑驳陆离中的世事沧桑，遥想起当年于“危难阻峻，缘崖俾阁，两山壁立，隆崇造云”的深峡峭壁中修治栈道、桥阁的艰难困苦，那种竣工之后雀跃欢欣、组织能工巧手在凹凸不平的石壁上刻书纪功的场景。这每一块碑刻都是精心雕镌力求完整精到，点画都有始有终，可辨粗细，可察方圆，可识断连。时光流逝，这些由当时最基层的椽吏完成创作的块块碑刻，在荒山野岭风雨侵蚀千年后，通过当今高超的印刷术，一波三折地夹杂着山野味道的大汉气息扑身而来。在骈体文铿锵的节奏中感会文字的幽深妙远，知晓过去交通之“进不能济，息不得驻”之艰危；于漫漶的字迹里感受由清晰渐至模糊、由锋棱转为钝拙的自然变化；在闪烁如花的石斑里感受笔调苍老；在宽厚博大的气象里感受字里行间沁露出的或质朴古拙、或天真稚趣的“每碑一式”的神采。这些模糊的痕迹没有因为品相残缺而被遗弃，却因了时光的浸润雕饰，形成古而又新的艺术品相，被文人书家奉为案头爱物，成为审读和临习的内容。用浓重的笔墨来立住汉隶的鼓荡雄风，用干渴的线条来表现苍浑朴拙的质感，用捻转的拗劲写出如剥蚀的残缺起伏的节律，把汉隶这种由时光而增长的浓厚深重的味道在寒冷的冬夜里鲜活起来，笔下始终寻觅着从远古、从山野、从摩崖走来的古风古味。

在古意的模拟中，悟懂了巧不如拙，平中见奇，不再纠缠于表面的炫目，让厚重古意、正大气象成为书法和人生的方向。

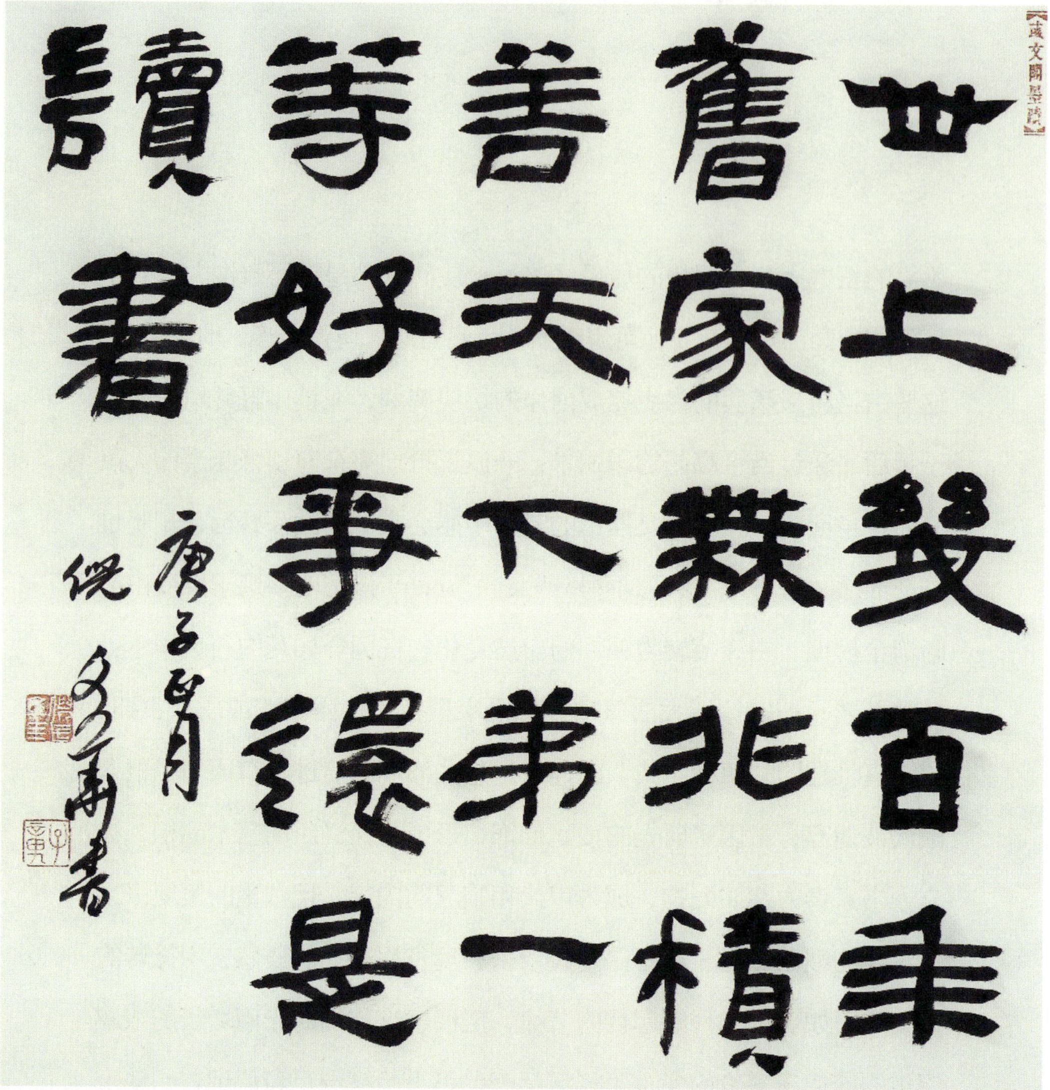

《世上天下》联语　68 cm × 68 cm

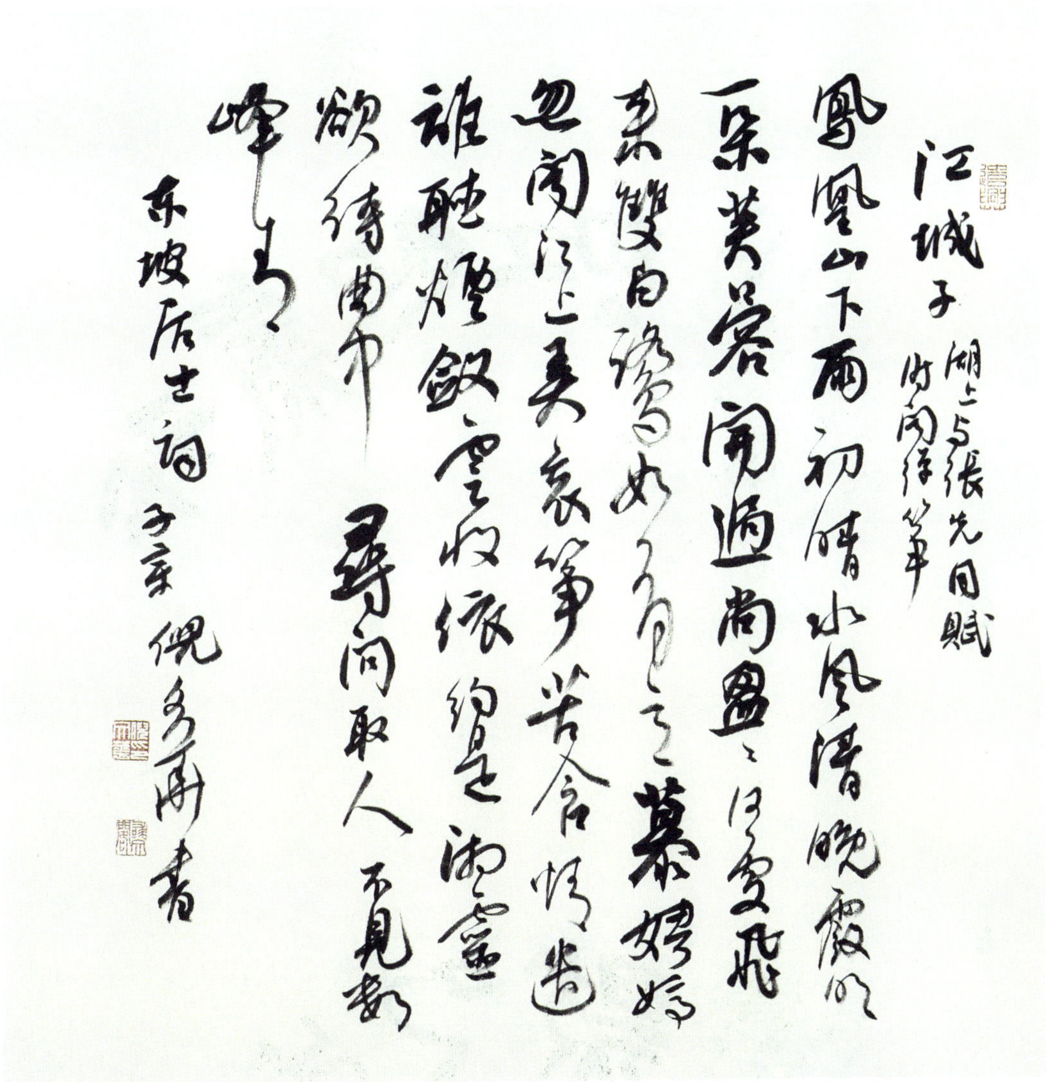

东坡词《江城子》 68 cm × 68 cm

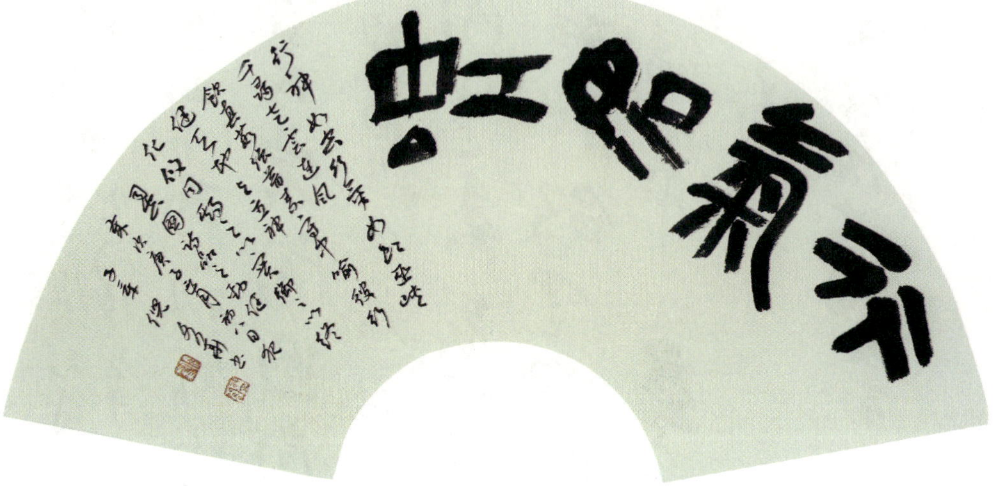

扇面《行气如虹》

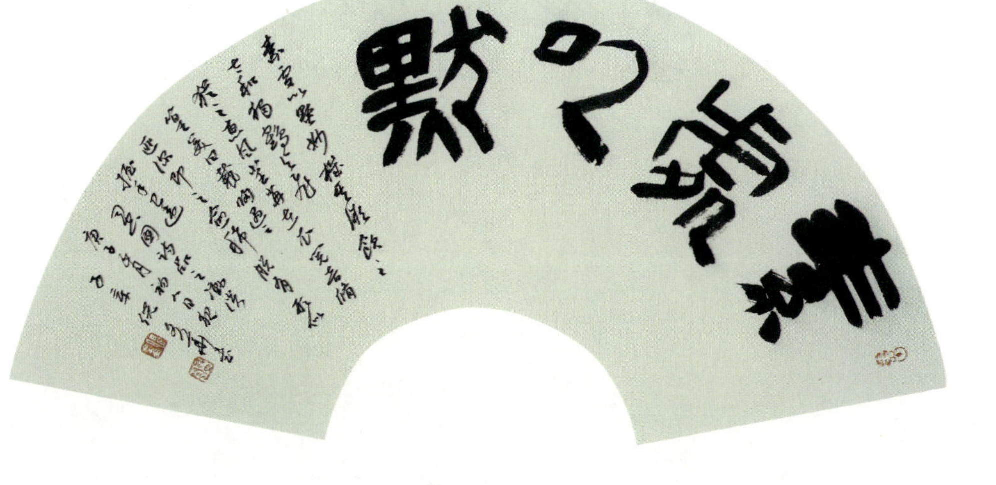

扇面《素处以默》

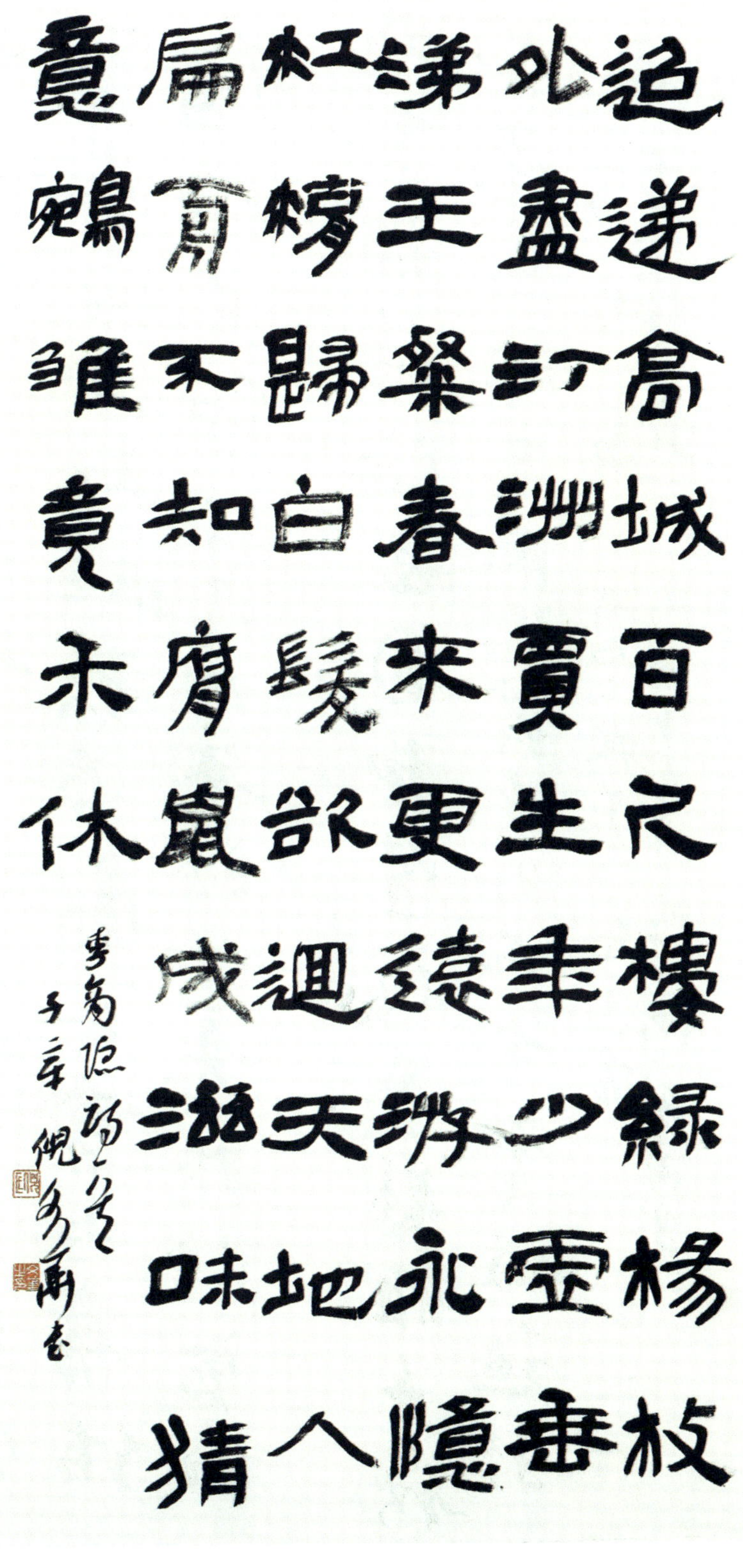

李商隐诗　138 cm × 67 cm

書成篝燈沒堵多悠然靜寄東窗下日暮柴扉鉗矣歌聲之廊外青山舊結廬微茫野徑淫中愛然生意抱煙火散疏

好事猶傳海岳圖狎鷗松風懸雅素秋池菊九月商飈偷得去分禾言賞好趣輕舟斧釣鑪

倪雲林七律詩二首
庚子七月啟倪書

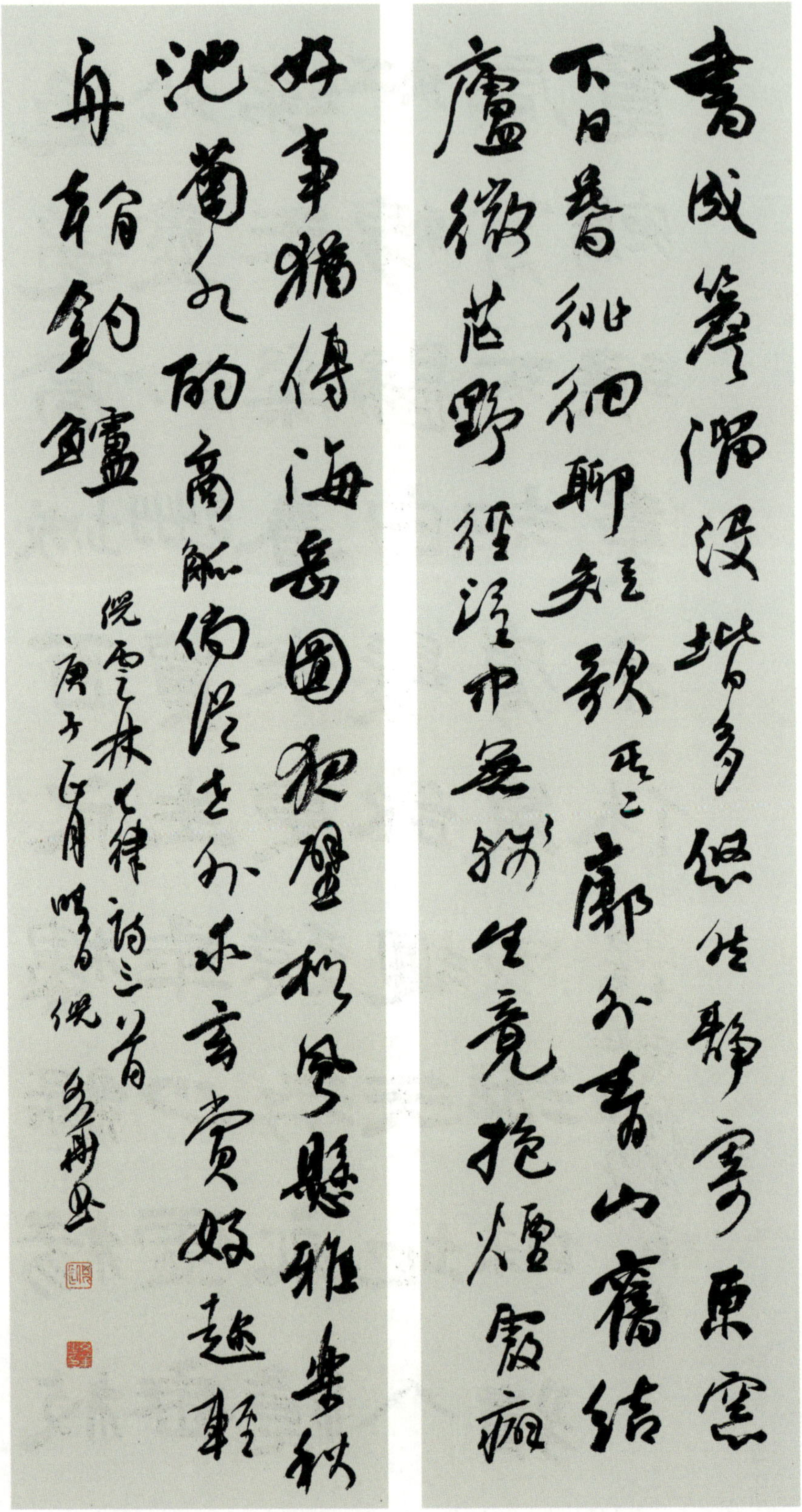

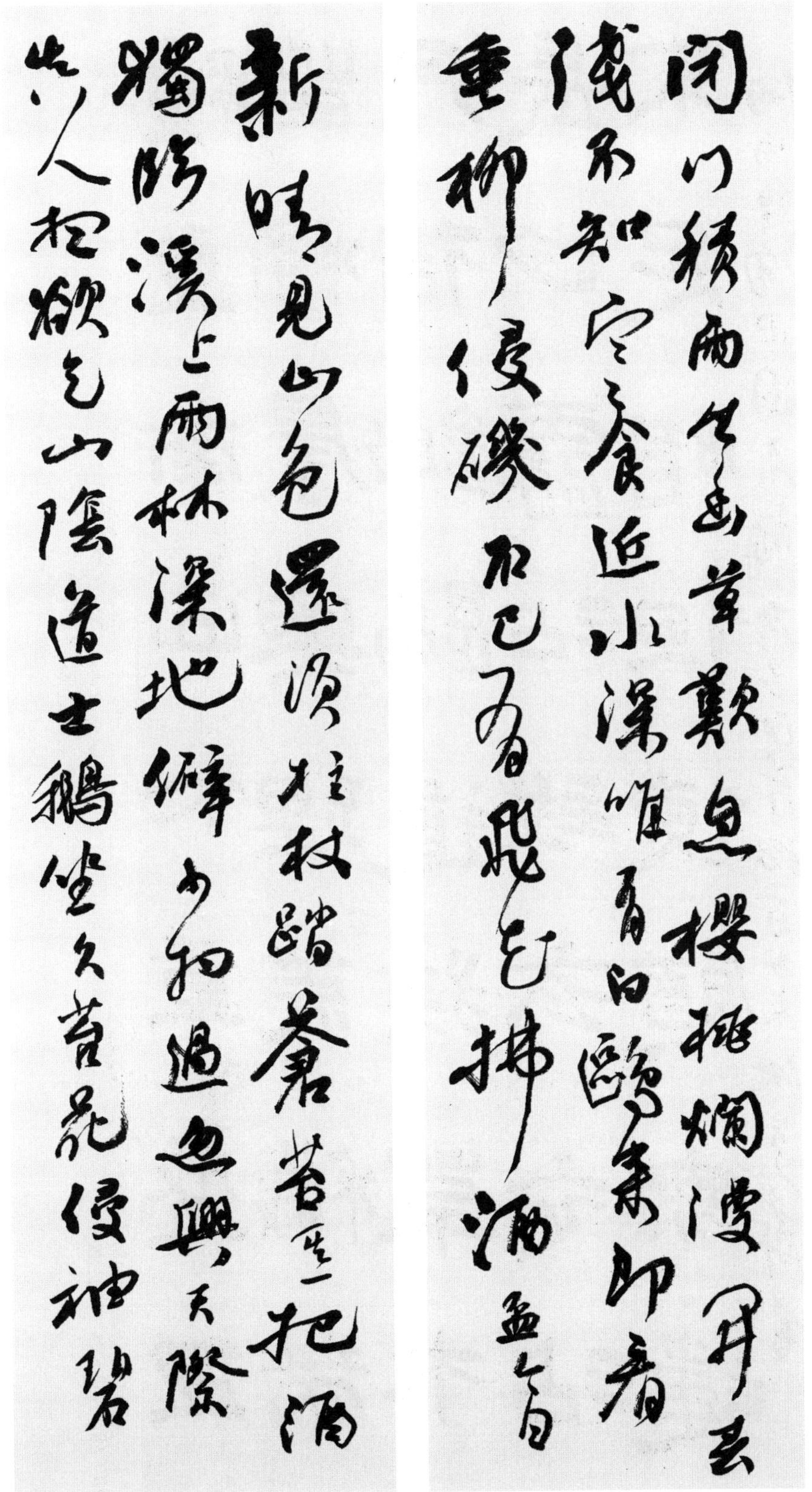

倪云林诗　138 cm × 36 cm × 4

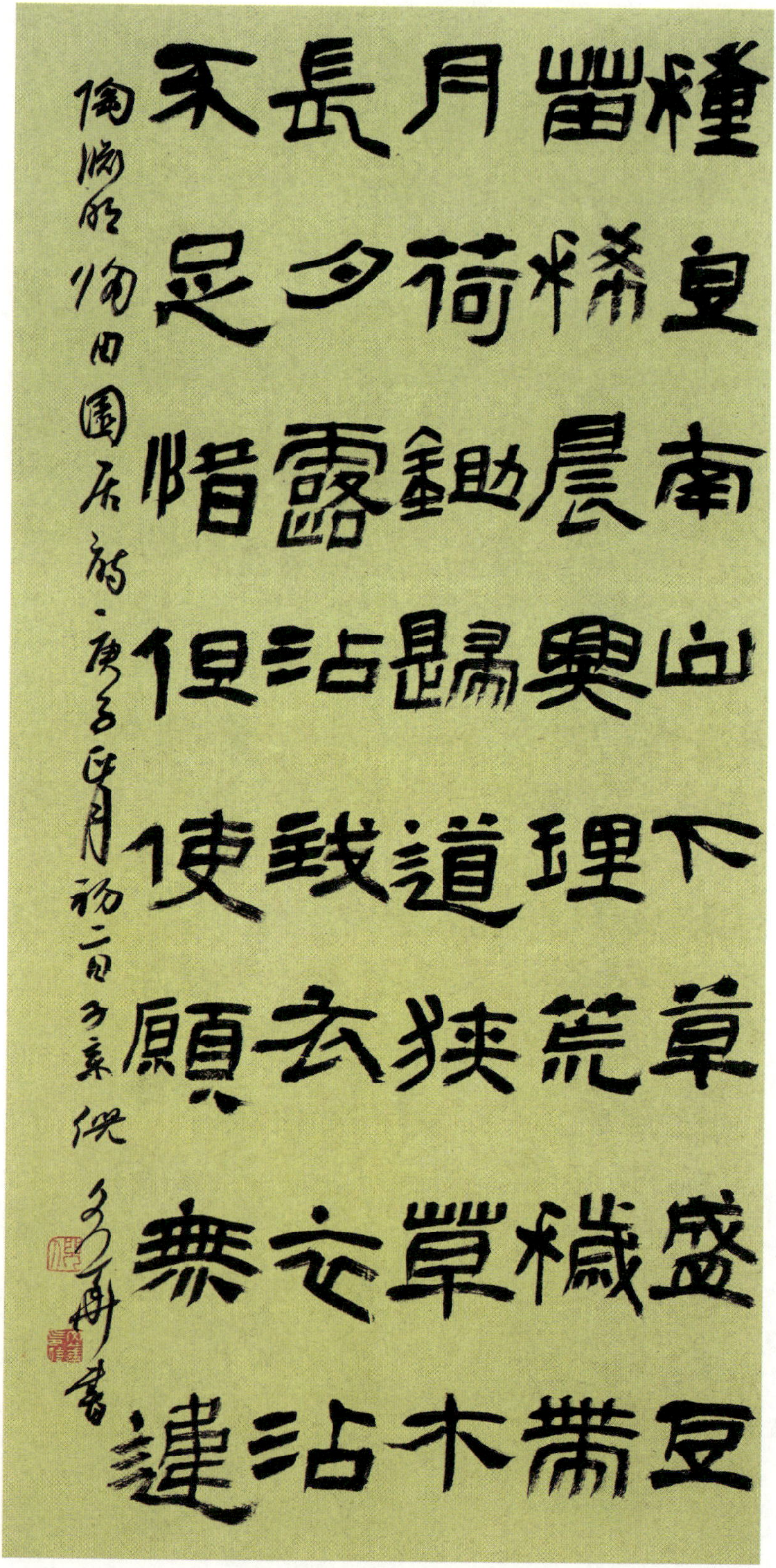
種豆南山下草盛豆
苗稀晨興理荒穢帶
月荷鋤歸道狹草木
長夕露沾我衣衣沾
不足惜但使願無違

陶渊明诗　138 cm × 67 cm

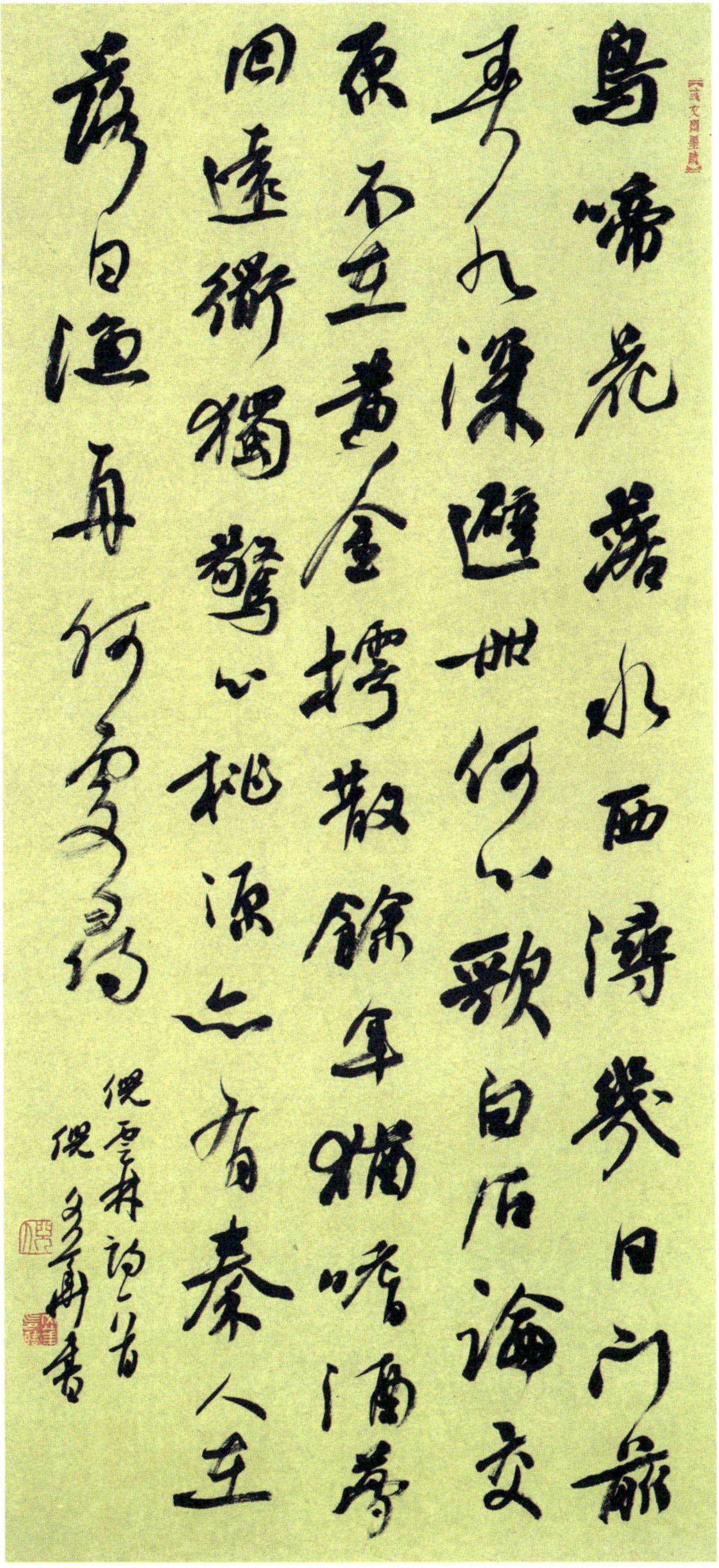

倪云林诗　138 cm × 67 cm

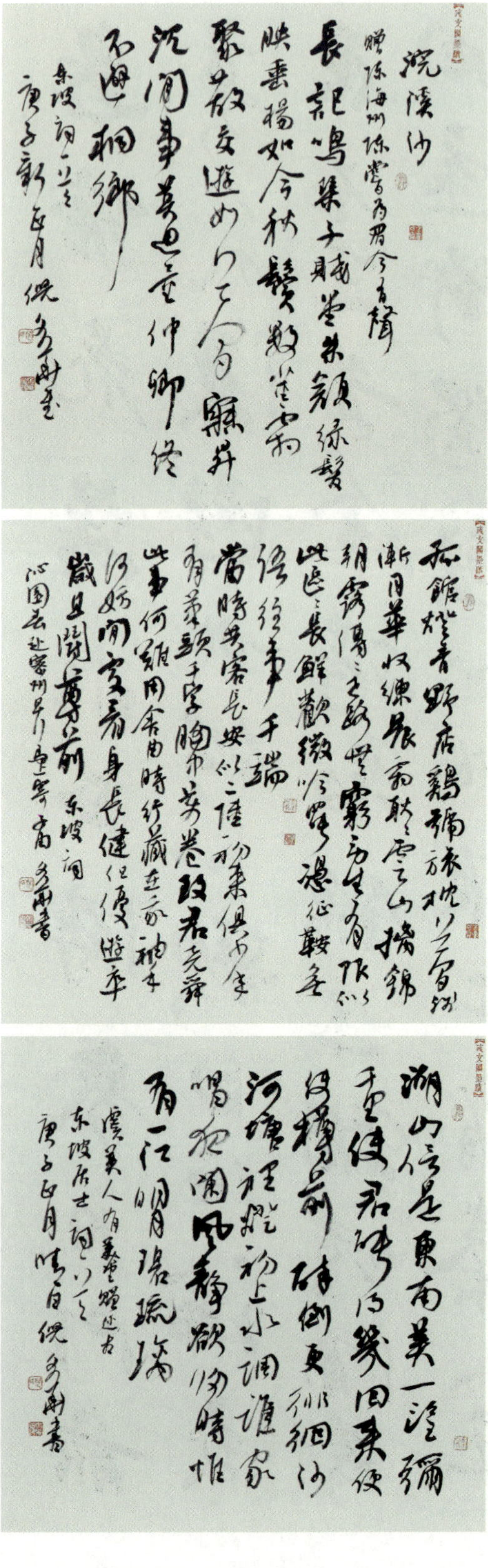

行书斗方连缀·苏东坡词三首 219 cm x69 cm

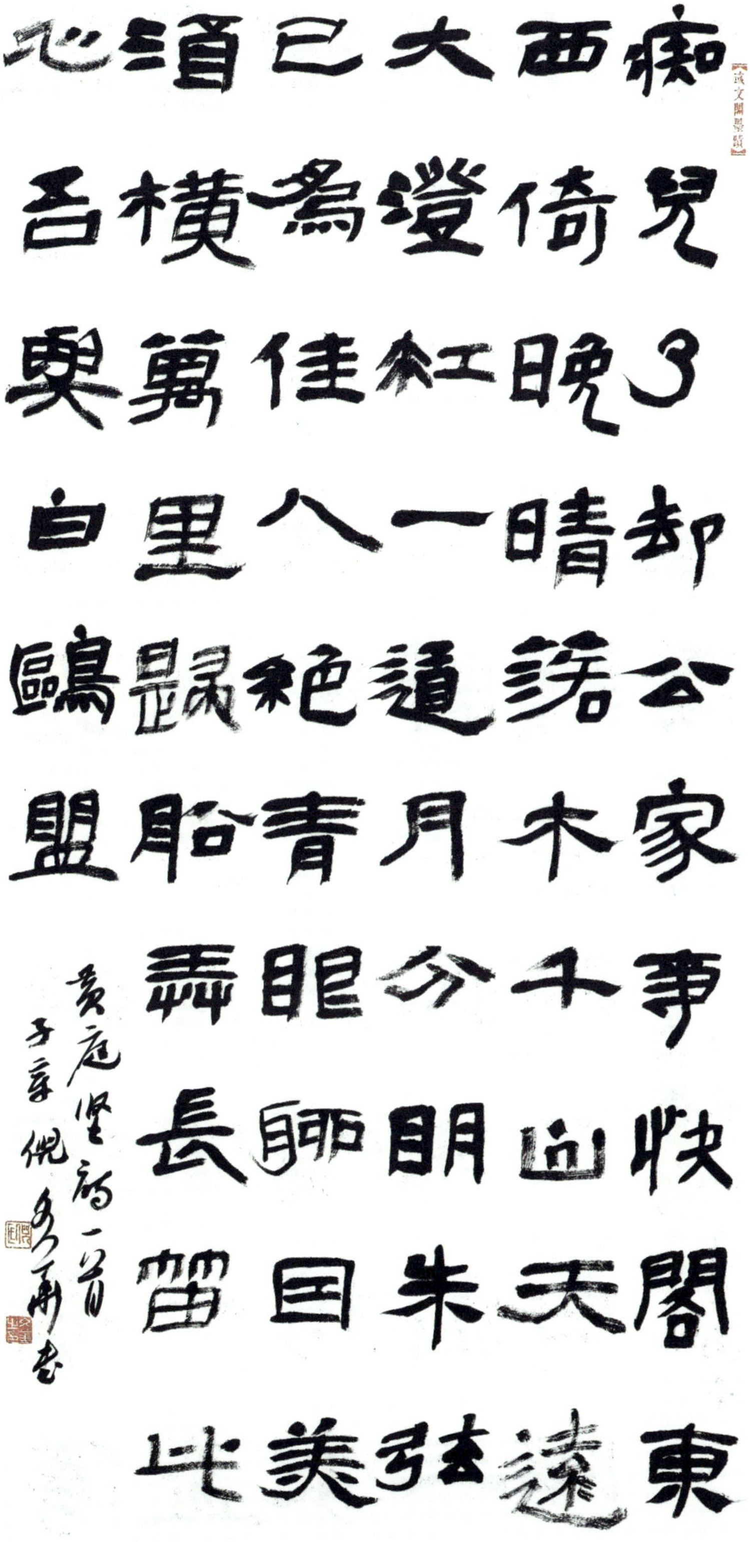

王庭坚诗　138 cm × 67 cm

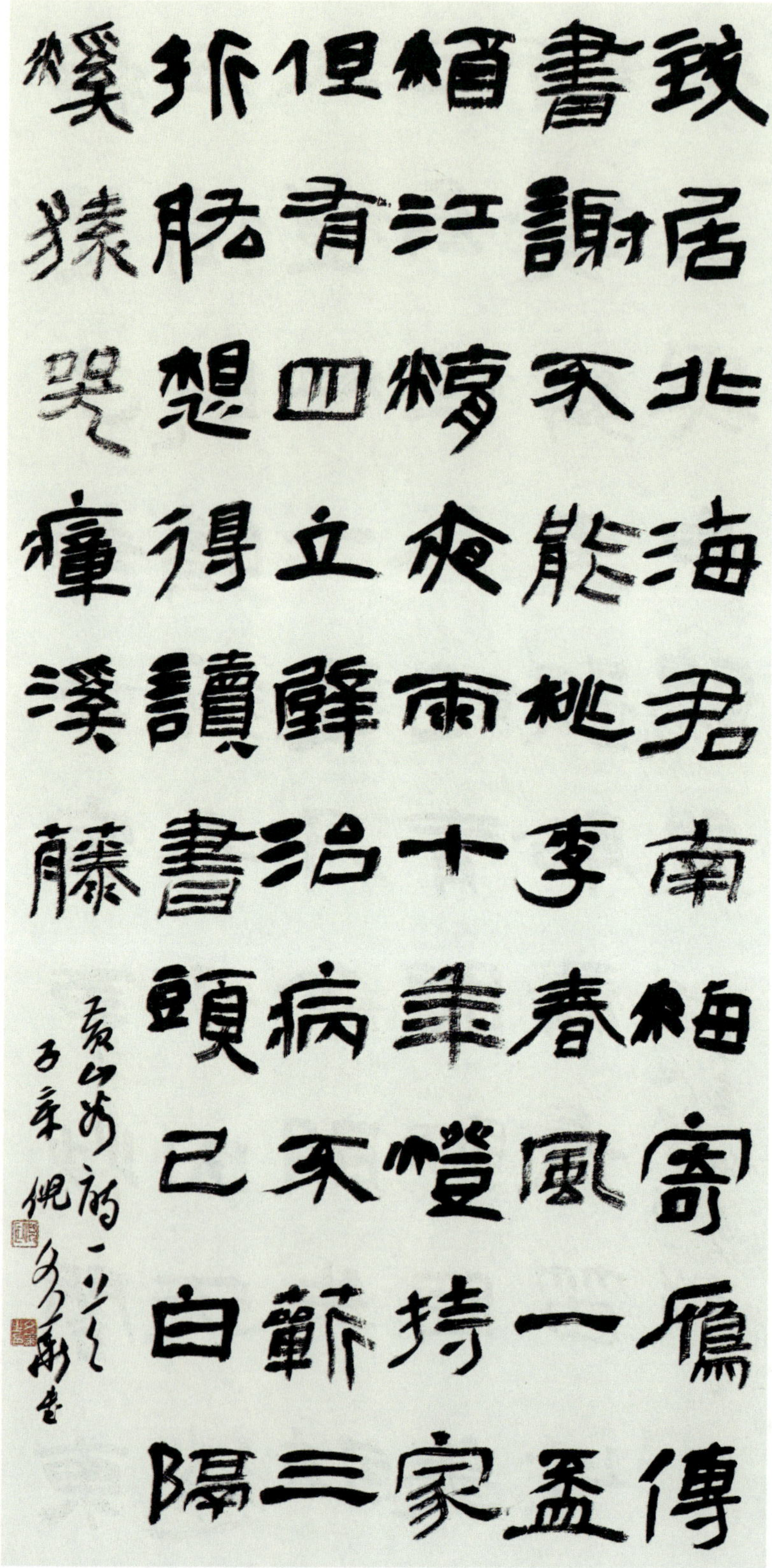

王庭坚诗　138 cm × 67 cm

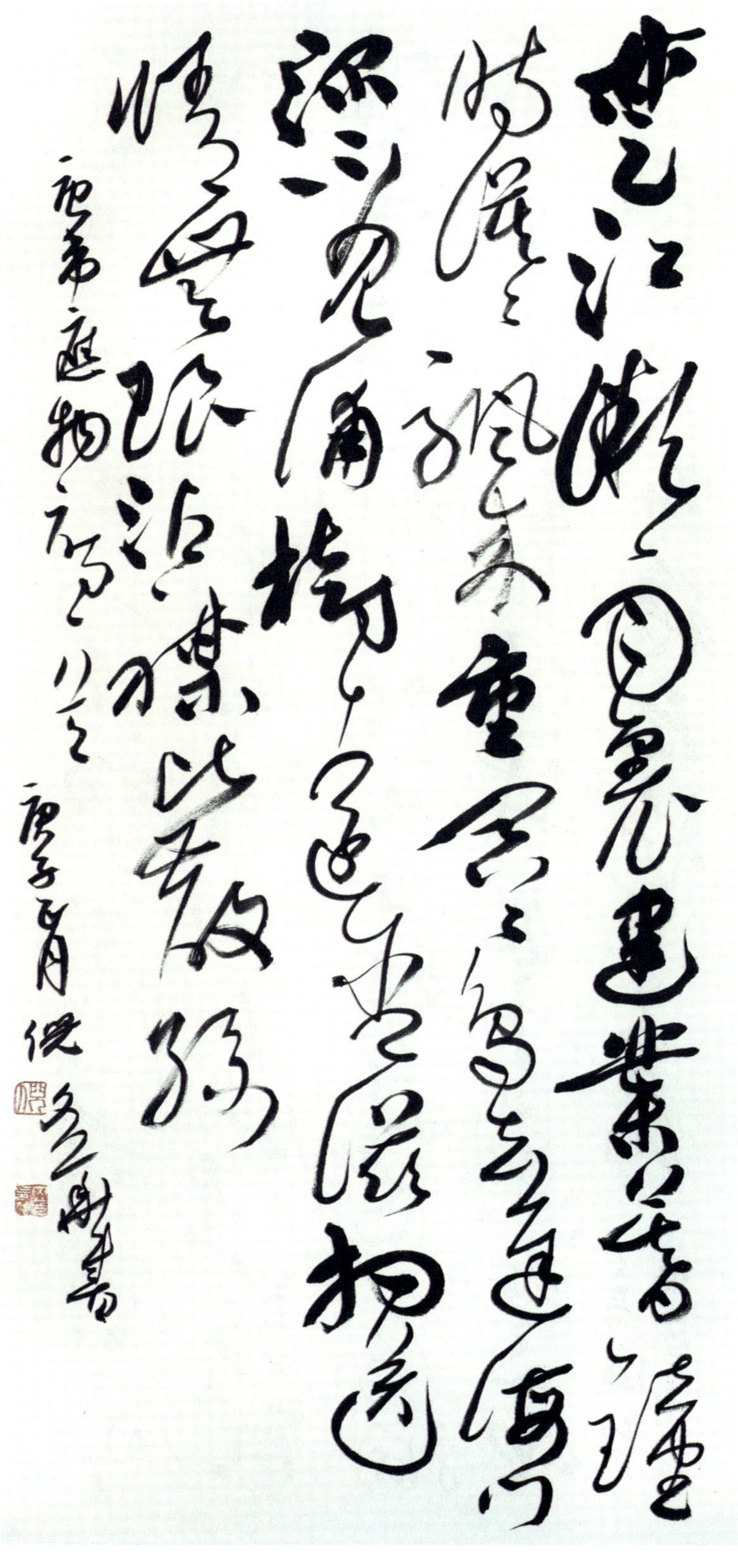

韦应物诗　138 cm × 67 cm

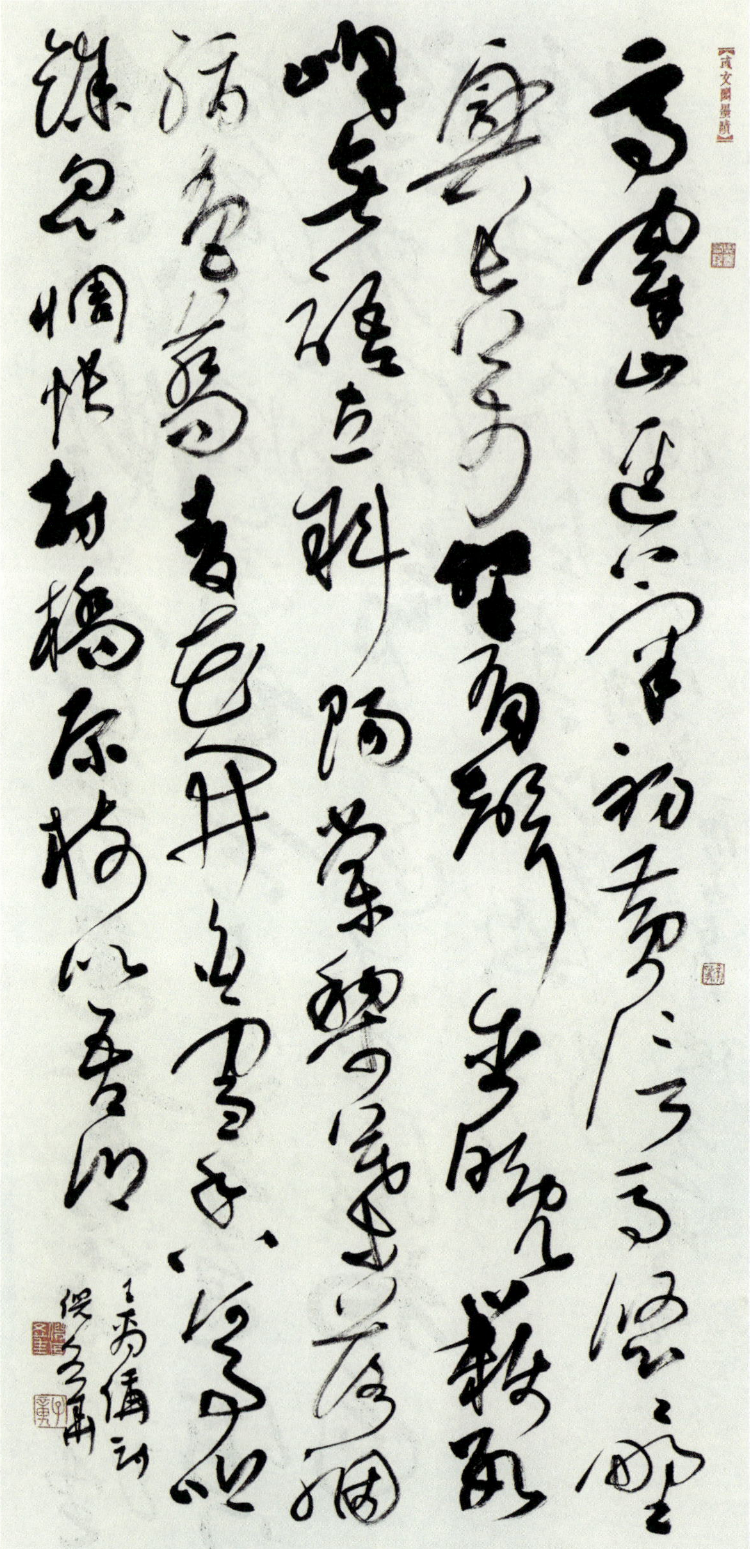

王禹偁《村行》 138 cm × 67 cm